TRAVELLING

D1641447

L'éventail des loisirs offerts à la
jeunesse ne cesse de s'élargir.
Dans une gamme très vaste d'activités
récréatives et culturelles, la lecture constitue
un acte vraiment personnel, susceptible de
favoriser l'imagination et la réflexion.

TRAVELLING est une collection
de romans qui s'adresse aux jeunes.
Elle répond à l'exigence qu'ils expriment :
mieux se comprendre et comprendre
le monde.
Les ouvrages qu'elle propose allient à
l'authenticité des situations un style direct
et original.

Cernant de près les réalités de notre temps,
TRAVELLING met fin à un genre
littéraire édulcoré qui ne satisfait plus les jeunes
d'aujourd'hui.

LA LONGUE QUÊTE DE NATHALIE

DANS LA MÊME COLLECTION :

10. J. Held : *La part du vent.*
11. L. Setti : *Dernier mois d'école.*
12. L.-N. Lavolle : *Le feu des mages.*
13. M.-A. Baudouy : *Un passage difficile.*
14. L.-N. Lavolle : *Le paria.*
15. F. Bastia : *Le cri du hibou.*
16. B. Barokas : *La révolte d'Ayachi.*
17. F. Bastia : *L'herbe naïve*.*
18. W. Fährmann : *Quand le vent se lève...*
19. F. Bastia : *Vingt jours-quarante jours**.*
20-21. F. de Cesco : *La route de Lhassa.*
22. J.-M. Fonteneau : *Un petit garçon pas sage.*
23. I. Bayer : *Les quatre libertés d'Anna B.*
24. R.-N. Peck : *Vie et mort d'un cochon.*
25. W. Camus : *Les deux mondes.*
26. W. Camus : *Les ferrailleurs.*
27. B. Barokas : *Les tilleuls verts de la promenade.*
28. Marinou : *Le cabri du Supramonte.*
29. O. F. Lang : *Mes campesinos.*
30. G. Graham : *La guerre des innocents.*
31. J. Donovan : *Fred et moi.*
32. M.-A. Baudouy : *Vivre à Plaisance.*
33. L.-N. Lavolle : *Le village des enfants perdus.*
34. Gine Victor : *La chaîne.*
35. P. Pelot - W. Camus - J. Coué : *Le canard à trois pattes.*
36. F. Holman : *Le Robinson du métro.*
37. Gil Lacq : *Chantal et les autres.*
38. J. Donovan : *La dernière expérience.*
39. B. Barokas : *Le plus bel âge de la vie.*
40. M. Féraud : *Anne ici, Sélima là-bas.*
41. M.-A. Baudouy : *Le garçon du bord de l'eau.*
42. H. Montardre : *La quête aux coquelicots.*
43. L. Lowry : *Un été pour mourir.*
44. J. Cervon : *La marmite des cannibales.*
45. A. Clair : *L'amour d'Aïssatou.*
46. I. Korschunow : *Christophe.*
47. M.-A. Baudouy : *Sylvie de Plaisance.*
48. L. Fillol : *Chemins...*
49. M. Argilli : *Sous le même ciel.*
50-51. L. Lowry : *La longue quête de Nathalie.*
52. M. Féraud : *Les plumes de l'ange.*
53. M.-C. Sandrin : *Salut Baby !*

Lois Lowry

La longue quête de Nathalie

Traduit de l'américain par
Dominique Mols

Duculot

Conforme à la loi n° 49.956 du 16 juillet 1949 sur les publications destinées à la jeunesse et à la loi n° 76.616 du 9 juillet 1976 relative à la lutte contre le tabagisme.

Version originale parue sous le titre *Find a stranger, say goodbye* aux Éditions Houghton Mifflin Company, Boston.

(Imprimé en Belgique sur les presses Duculot.)

D. 1980.0035.42

Dépôt légal : 3e trimestre 1980

ISBN 2-8011-0315-2
ISSN 0379-6949

(Édition originale :
ISBN 0-395-26459-6 Houghton Mifflin Company, Boston)

Couverture :
Illustration : Bruno Barbey/Magnum
Conception : Design-team

À Kristin

1

— Si on reçoit une grosse lettre, c'est qu'on est accepté. Si la lettre est mince, c'est fichu.

C'est Becky Margeson qui avait parlé. Personne ne l'écoutait vraiment : elle n'avait fait que redire une phrase que toutes connaissaient déjà par cœur et qui appartenait au folklore qui se répétait chaque année dans les classes terminales des écoles. Au printemps, à l'époque où se décidaient les admissions et les non-admissions dans les différentes facultés universitaires. L'histoire de la lettre était d'ailleurs un mythe, qui avait été démenti deux ans auparavant : le président du comité des élèves avait été accepté dans une des universités les plus cotées des États-Unis, mais, comme la lettre qui le lui annonçait n'était pas épaisse, il l'avait jetée avec dépit, sans même l'ouvrir, et ce n'est qu'une semaine plus tard que sa mère, en vidant sa corbeille à papiers, était tombée sur la lettre si mince et cependant porteuse d'une bonne nouvelle.

Nathalie Armstrong, en particulier, ne prêtait pas la moindre attention au bavardage de ses deux amies qui paressaient avec elle dans sa chambre à coucher, par ce samedi de printemps. Nathalie pensait à autre chose. Depuis longtemps. Et elle n'en avait même pas parlé à ses meilleures amies.

— Moi, gémit Gretchen Zimmerman, j'aurai beau recevoir une lettre de dix centimètres d'épaisseur, si elle ne m'annonce pas en même temps que j'ai ma bourse, c'est fichu quand même. D'un orteil, puis de l'autre, elle fit tomber ses espadrilles et elle se mit à examiner ses pieds à la lumière du soleil qui inondait la chambre de Nathalie. Si on pouvait déjà être en été ! soupira-t-elle. J'aimerais tant bronzer un peu. Mes pieds ressemblent à des filets de harengs.

— J'ai horreur d'attendre, se lamenta Becky. Attendre la mi-avril, pour savoir si on est accepté. Attendre l'été, pour pouvoir bronzer. Attendre la fin des vacances, pour entrer à la fac. Et après, *quid* ? Il ne reste plus qu'à attendre la fin de l'université, pour pouvoir commencer autre chose.

— Et se marier, dit Gretchen avec un large sourire. Repliant ses jambes sous elle, elle tendit les mains, doigts écartés, imaginant l'un de ses annulaires orné d'une alliance.

— Ah ! Ah ! railla Nathalie avec dédain.

— Ah ! Ah ! fit Gretchen en écho, hilare. Toi, Nat, tu épouseras sans doute Paul dès la minute où il aura fini ses études. Veinarde !

— Veinarde, moi ? dit Nathalie, stupéfaite.

— Évidemment, Nat, dit Becky avec sérieux. Regarde-toi. Tu es tellement chouette. Franchement, si je ne t'aimais pas autant, je crois que je te détesterais. Est-ce que tu as jamais eu le moindre bouton, de ta vie entière ?

— J'ai eu un furoncle, un jour, répondit Nathalie en riant. Mon père a dit qu'il avait été provoqué par un virus.

— Un furoncle ! La belle affaire ! Non, moi je parle d'acné. Tous les gens que je connais ont de l'acné, sauf toi.

Becky se pencha vers le miroir qui surplombait le bureau de Nathalie, se regarda un instant, se tira la langue et soupira.

— Et puis, tu as Paul, enchaîna Gretchen. Et tu as déjà été acceptée à MacKenzie. Et tes parents peuvent te payer l'université. Sans blague, tu as une chance de tordue, Nat. Dis-moi, je suppose qu'il y avait dans ton formulaire d'inscription une de ces questions stupides, dans le genre : « Quelle est, selon vous, votre caractéristique la plus marquante ? » — qu'est-ce que tu as répondu, Nat ? Est-ce que tu as mis : Ma caractéristique la plus marquante est que j'ai une veine de pendu » ?

Nathalie arracha une feuille de bloc-notes, la chiffonna et la lança sans entrain vers Becky.

— Non, dit-elle. J'ai mis : « Ma caractéristique la plus marquante est que mes meilleures amies sont complètement folles. »

Toutes trois éclatèrent de rire.

C'était une de ces journées où on rit facilement,

pour tout et pour rien. La neige avait enfin fondu et le soleil d'avril qui resplendissait semblait annoncer l'été pour très bientôt. Les principaux examens des terminales étaient finis, tous les élèves piétinaient sur place et les professeurs ne leur en tenaient pas rigueur. Le professeur d'anglais, qui avait analysé Hawthorne et Thoreau en automne, se bornait à présent à lire Salinger et Vonnegut. Quant au professeur de français, après avoir insisté pendant quatre années sur ce casse-tête que sont les conjugaisons françaises, il parlait maintenant de la *cuisine* française ! De temps à autre, ils empruntaient les locaux du cours de travaux ménagers et faisaient des crêpes. D'autres jours, ils lisaient et commentaient en classe le magazine *Elle* et discutaient de mode, au grand dam des garçons qui faisaient semblant de vomir entre les bancs — mais s'arrangeaient ensuite pour feuilleter prestement les revues qui circulaient, dans l'espoir d'y découvrir l'une ou l'autre photo de chemisier transparent.

Becky et Gretchen avaient toutes deux l'intention d'entrer à l'université. Gretchen, qui avait récolté les points les plus extraordinaires des annales de l'école, obtiendrait sans nul doute les bourses dont elle avait besoin pour pouvoir poursuivre ses études.

Paul savait déjà, lui, qu'il était accepté à l'université de Yale. Yale était à une assez grande distance de MacKenzie, mais cela n'avait guère d'importance. Nathalie le verrait pendant les vacances. Entre-temps, ils s'écriraient, ils resteraient proches l'un de l'autre. Tous deux envisageaient avec confiance l'avenir tout neuf qui s'ouvrait à eux.

Le printemps s'éternisait. Mais cela aussi faisait partie du rituel des terminales. Et de l'ennui de ces dernières semaines. Cela leur fournissait du moins un sujet de conversation qui faisait passer le temps.

On frappa à la porte de la chambre et la tête de Nancy, la sœur de Nathalie, apparut. Nancy avait seize ans — un an de moins que Nathalie — et elle était blonde, potelée, couverte de taches de rousseur. « Fraîche comme un bouton de rose », dirait l'annuaire de l'école, l'année suivante. Cette année, Nathalie y avait été décrite par une citation : « La grâce et la beauté l'accompagnent ». Les deux sœurs étaient profondément dissemblables — ce qui ne les empêchait pas de s'entendre à merveille.

— Maman demande que tu mettes la table, Nat.

— Nancy, tu veux me faire plaisir ?

— Mmmm ?

— Fiche-moi la paix.

Nancy sourit et referma la porte.

— De toute façon, dit Gretchen en se levant, il faut que je rentre chez moi.

— Moi aussi, dit Becky. Faut que j'aille vérifier mon courrier.

— Dites à Maman que je descends dans deux secondes, dit Nathalie.

Elle écouta le bruit sourd de leurs pas dans l'escalier recouvert de moquette, puis la voix de Nancy qui leur criait : « Salut ! », et enfin la porte d'entrée qui s'ouvrait et se refermait.

De la place où elle était assise, elle remarqua qu'elle pouvait se voir dans le miroir qui pendait au mur d'en face, et elle observa ses longs cheveux noirs. Ses yeux extraordinairement bleus. Sa peau, qui était claire pour l'instant mais qui bronzait facilement dès le début de l'été. Ses dents étaient droites et régulières. Elle n'avait jamais dû porter d'appareil, contrairement à Nancy, qui en était affublée depuis trois ans déjà.

Elles doivent avoir raison, se dit-elle. J'ai de la chance. Du moins, j'en ai si c'est l'aspect extérieur qui compte. Je suppose que je suis plutôt jolie. Je suis assez intelligente pour ne pas devoir trop étudier, pour être admise à la fac et, sans doute, pour pouvoir faire mes études de médecine.

Je peux faire tout ce qui me plaît.

Mais alors, pourquoi ai-je envie de quelque chose qui me fait tellement peur ?

Nathalie se dirigea vers son bureau, ce bureau de sapin que son père lui avait construit des années auparavant dans le petit atelier qu'il s'était aménagé dans son garage. Il était couvert de taches et de griffes, à présent, mais elle l'aimait comme au premier jour, quand son père avait terminé le dernier ponçage au papier de verre et s'était mis ensuite à le cirer avec soin, au moyen d'un chiffon bien doux.

Nathalie adorait son père. Il était médecin. À l'époque où elle était à la maternelle, puis dans les petites classes, chaque presse-papiers, chaque essuie-plume qu'elle lui avait fabriqués à l'occasion de la fête des pères avaient reçu une place d'honneur dans son bureau au même titre qu'un objet d'art véritable. Et pourtant, qui a jamais besoin d'un presse-papiers ou d'un essuie-plume ? C'était son père qui bandait les genoux écorchés de son enfance, c'était lui qui avait lavé dans des bains frais et médicamenteux son corps tout irrité par les démangeaisons de la varicelle, lui qu'elle avait retrouvé à son chevet pour lui tenir la main lorsqu'au bout d'une longue nuit d'un sommeil artificiel elle s'était réveillée sans appendice.

Kay Armstrong, la mère de Nathalie, était le papillon de la famille. Fille d'un couple d'artistes profondément bohèmes, elle avait voyagé avec eux en Europe et au Mexique dès sa tendre enfance. À leur contact, elle avait acquis la passion de la couleur, de la lumière, du changement. Elle avait également hérité de leur exubérante émotivité. Jeune femme, Kay s'était assagie par amour pour Alden Armstrong et avait accepté de mener l'existence simple et paisible d'une épouse de médecin de province. Mais elle n'en apportait pas moins à la vie familiale une spontanéité vibrante qui effrayait parfois ses proches. Le foyer des Armstrong ne ressemblait à aucun autre foyer. Grâce à Kay.

Par exemple, il n'y avait aucune autre maison

dans toute la ville de Branford, Maine, qui eût, au beau milieu de la salle de bains dallée du premier étage, une énorme baignoire ancienne, avec des pieds. Et les orteils de ces pieds étaient décorés au vernis à ongles vermillon !

C'est Kay Armstrong qui les avait peints minutieusement, un par un, une après-midi d'octobre, tandis que toutes les autres femmes de médecins de Branford écoutaient religieusement la conférence sur l'Art du Bouquet qui suivait le lunch mensuel auquel elle avait complètement oublié d'aller.

Kay était la seule épouse de médecin, à Branford, qui eût l'habitude de pendre son linge à l'extérieur au lieu de le mettre dans un séchoir électrique. Elle aimait regarder par la fenêtre et voir les vêtements flotter au vent. Un jour, elle avait vu quelque chose qui l'avait ravie : agitée par la vive brise de la Baie, une des manches de la veste de pyjama de son mari s'était tendue vers sa chemise de nuit à elle et l'avait prise par la taille.

— Je parie qu'il n'est jamais rien arrivé de plus sexy dans ce jardin ! s'était-elle exclamée avec délices en regardant par la fenêtre de la cuisine.

— Maman ! s'était écriée Nancy. Ne sois pas si grivoise !

— En tout cas, avait répliqué sa mère avec un sourire, si tu es au courant, toi, de quelque chose de plus sexy qui se serait passé dans ce jardin, j'espère que tu t'es renseignée auprès de ton père sur les méthodes de contraception.

— MAMAN ! s'était de nouveau écriée Nancy.

Kay Armstrong s'était contentée de sourire et de hausser les épaules, sans quitter des yeux la manche rayée qui continuait à exécuter des passes vers la chemise de nuit rose, au gré de la brise.

Kay n'était pas une mère comme les autres. Nathalie l'adorait.

De la porte de sa chambre, Nathalie cria vers le bas de l'escalier :

— Maman ? Je descends dans un quart de seconde pour mettre la table ! D'accord ?

— Ouais ! répondit gentiment sa mère.

« Ouais ». Nathalie sourit. Un vrai langage de charretier. Qui d'autre qu'elle... Qui d'autre au monde avait une mère qui parlait comme un charretier des Halles ?

Retournant à son bureau, Nathalie ouvrit le tiroir supérieur, prit une feuille de papier qui s'y trouvait, la parcourut rapidement et soupira.

Ouais. Sa mère n'avait pas dit « Ouais » le jour où elle avait lu ce papier. Ce jour-là, le visage de Kay s'était ratatiné comme un vieux Kleenex. Et Kay s'était mise à pleurer.

Et le père de Nathalie s'était détourné, avec sur les traits l'expression perplexe qui s'y figeait lorsqu'il avait un patient pour lequel il ne pouvait rien.

— Nathalie, avait-il dit.

Et ce seul mot — son nom — avait presque résonné comme une question. Une question gonflée de tristesse.

Ils n'en avaient plus jamais reparlé. Nathalie avait toujours cru pouvoir discuter de tout avec ses parents. Au cours des années, ils avaient souvent eu de grandes conversations au sujet des sentiments. La colère, le chagrin, l'amour. Mais quand elle leur avait donné ce papier à lire, elle avait vu se dessiner tous ces sentiments sur leurs deux visages. Elle y avait aussi vu leur angoisse. Et ils n'avaient pas été capables d'en parler.

Deux mois s'étaient écoulés, sans jamais la moindre allusion. Chez les Armstrong, la vie avait suivi son cours habituel. La vie, c'est-à-dire la gaieté exubérante de Nancy combinée avec le calme plus introspectif de Nathalie et les flashes de couleur et de folie de Kay, le tout tempéré et canalisé par la dignité du docteur. Mais des remous cachés s'agitaient à présent sous la surface de ces eaux apparemment si paisibles. La sourde souffrance que Nathalie avait infligée à ses parents pendait au milieu d'eux comme un rideau translucide. Ils regardaient tous au travers, à côté, au-dessus ou en dessous, et faisaient comme si ce rideau n'existait pas.

Un jour, l'horrible tante Hélène, la sœur du Dr Armstrong, leur avait envoyé pour Noël une lampe en céramique absolument hideuse. C'était un léopard vert pâle, qu'éclairait une ampoule en verre dépoli. Placez cette lampe sur votre téléviseur, expliquait l'horrible tante Hélène dans le petit mot joint au colis, et vos yeux seront protégés du mal que peut leur causer la lumière de l'écran.

— Ce pauvre animal risque d'avoir de terribles problèmes sexuels, avait déclaré la mère de Nathalie en tenant le léopard à l'envers pour examiner l'ampoule et le fil électrique qui pendaient en dessous. Si nous le remballions illico pour l'envoyer au Dr Freud ?

— Kay, avait dit son mari, Hélène vient tout le temps nous voir à l'improviste. Il faut que nous mettions cette lampe sur le téléviseur, au moins pour un certain temps, sinon nous la vexerions.

— D'accord, avait répondu Mme Armstrong. Retirant la petite sculpture péruvienne qui se trouvait depuis toujours sur le poste de télévision, elle avait posé le léopard à sa place, en ajoutant : « Mais nous ferons comme si elle était invisible ».

Leurs quatre regards convergèrent vers le léopard. Il était figé en plein élan, tous crocs dehors. Il était très grand. Et très, très vert.

— Est-ce que l'un d'entre vous voit un léopard sur le poste de télévision ? demanda Kay Armstrong.

— Non, répondit aussitôt Nancy, qui rattrapait toujours au bond les excentricités que lançait sa mère. On n'y voit rien du tout, dit-elle en gloussant.

— Un léopard ? enchaîna Nathalie avec le plus grand sérieux. Sur le poste de T.V. ? Qui aurait l'idée saugrenue de mettre un léopard sur un poste de T.V. ?

— Pas les Armstrong en tout cas, répondit péremptoirement leur père. Les Armstrong sont des gens de goût. Je ne vois absolument rien sur ce téléviseur.

Le léopard vert était resté à cette place pendant un mois. Puis, une après-midi, Nathalie avait entendu un bruit de sa chambre. Elle était descendue et avait trouvé sa mère occupée à ramasser des débris de céramique verte qu'elle jetait dans un panier à papiers.

— N'est-il pas étrange, avait posément dit Kay, lorsqu'un objet est invisible, qu'il y ait parfaitement moyen de le cogner et de le faire tomber, d'un simple coup de coude.

— Très étrange, avait dit Nathalie avec un sourire, en l'aidant à ramasser les derniers morceaux.

Maintenant, c'était le même jeu qu'ils jouaient. S'ils voulaient faire comme si le papier n'existait pas, il n'existerait pas.

Et cependant, il existe, songea Nathalie. Il fallait que je l'écrive. Et il fallait que je leur demande de le lire.

Et il faudra qu'ils m'en parlent. Même si ça fait mal.

2

Le formulaire de demande d'inscription à l'université de MacKenzie ne différait guère des autres formulaires de ce genre. Il y avait d'abord les questions habituelles relatives aux études accomplies, aux diplômes obtenus, aux activités scolaires que l'on avait suivies. Ensuite, il fallait répondre aux mille questions annexes sur les résultats des divers tests d'aptitude, de psycho-motricité, de quotient intellectuel, de condition physique, mentale et caractériologique et autres que l'on avait dû passer.

Puis venait une question pour laquelle était prévue une page blanche entière réservée à la réponse. La plupart des facultés posaient ce genre de question : généralement, on demandait à l'intéressé de raconter l'événement le plus étonnant ou le plus marquant qui lui était arrivé au cours des dernières années. Et cette question faisait trembler tous les élèves des classes terminales de Branford, Maine, ainsi que leurs professeurs, car il ne se passait jamais rien de très intéressant à Branford, Maine.

Tous étaient persuadés que le reste du pays était peuplé de jeunes qui avaient passé toutes leurs vacances à travailler dans les léproseries.

Un été, une meute de chiens sauvages enragés avait menacé la ville de Branford. Finalement, la police avait réussi à les attirer dans un espace clos et les avait abattus. Il s'était avéré par la suite qu'il ne s'agissait que de quatre chiens errants dont un seul avait effectivement la rage, mais ils avaient tué de nombreuses poules et même un petit veau avant qu'on en vienne à bout et les quarante-huit heures qu'avait duré la chasse avaient été deux journées de terreur pour la petite ville. La radio, la télévision et des voitures de police circulant avec haut-parleurs ne cessaient de recommander aux habitants de s'éloigner le moins possible de leurs maisons. Les petits enfants durent rester à l'intérieur jusqu'à ce que tout danger soit écarté. Les lycéens de Branford s'étaient portés volontaires pour la battue — dans le Maine, la plupart des adolescents ont l'expérience des battues grâce aux chasses au chevreuil qu'ils organisent quand c'est la saison. Mais la police avait décliné leur offre. Certains garçons s'étaient mis en chasse malgré tout, de leur côté, et l'un d'eux avait abattu par erreur le saint-bernard du pasteur. Aucun des cinq garçons qui avaient fait partie du groupe n'avait voulu dénoncer le coupable et tous les cinq avaient été renvoyés chez eux. Ils avaient mis en commun toutes leurs économies pour acheter au P. Simms un nouveau petit chiot. Ce dernier avait reçu le nom d'Expiation — Pépé, pour les intimes.

Pendant les deux années qui suivirent, M. Flanagan, conseiller des classes supérieures à l'école, s'était servi de cette mémorable aventure : chaque fois que des élèves de terminale venaient lui demander de les aider à répondre à la fameuse question pour leur formulaire d'inscription, ses yeux s'allumaient.

— Racontez-leur l'histoire des chiens enragés traqués par la ville entière, disait-il.

Au bout d'un certain temps, plus personne n'était venu rappeler à M. Flanagan l'épisode des trois policiers qui avaient tué quatre chiens dans un pré entouré de clôtures. Bon nombre d'élèves préféraient relater le voyage qu'ils avaient fait à Québec avec le Club de Français. D'autres choisissaient de parler du jour où Willie, le clochard de la ville, avait péri dans l'incendie qui avait complètement rasé la cabane dans laquelle il vivait, un peu en dehors de la ville. Le Club Athlétique de Branford avait rapidement organisé une tombola pour payer son enterrement. La plupart des garçons avaient, un jour ou l'autre, payé Willie pour qu'il leur achète de la bière [1]. Bien sûr, c'était un détail qu'ils passaient soigneusement sous silence dans leur formulaire ! Mais ils tenaient par contre à terminer leur récit en évoquant la spontanéité avec laquelle la chorale de Branford avait entonné *Where have all the flowers gone ?* au moment où les restes de Willie avaient été mis en terre.

1. Aux États-Unis, la législation de certains États interdit aux jeunes de moins de vingt ans de consommer ou d'acheter des boissons alcoolisées. C'est le cas, par exemple, de l'État du Maine (N.D.T.).

rmulaire de MacKenzie énonçait la question d'une façon un peu particulière : est, parmi vos caractéristiques person- celle par laquelle vous vous distinguez des neuf cents autres étudiants qui vont présenter en même temps que vous, cette année, leur demande d'inscription à l'université de MacKenzie ? En quoi cette caractéristique va-t-elle influencer votre vie au cours des quatre années à venir ? »

Nathalie avait longuement considéré cette question. Puis elle avait pris dans son bureau un bloc de papier de grand format, elle avait décapuchonné son stylo et elle s'était mise à écrire :

La caractéristique qui me distingue des autres est le fait que j'ignore totalement qui je suis en réalité.

Je m'appelle Nathalie Chandler Armstrong. Mes deux premiers noms me viennent de la mère de ma mère, qui est un sculpteur célèbre, Nathalie Chandler. Elle était mariée avec un artiste peintre, qui est mort avant ma naissance. Ensemble, ils ont voyagé dans le monde entier. Ils étaient très connus, tous les deux. Ma mère est le seul enfant qu'ils aient eu. Elle n'est pas célèbre, et cependant elle a hérité des dons artistiques de ses parents et il est fascinant de l'entendre parler de son enfance au sein d'une famille aussi peu ordinaire.

Mon père, Alden Armstrong, est un médecin hors pair. Après avoir terminé ses études de médecine à l'université de Harvard, il a travaillé pendant un certain temps à la clinique Lahey, à Boston, puis il a décidé d'aller habiter dans le Maine. Au début, il était le seul médecin de notre petite ville. Aujourd'hui, il y en a d'autres, mais une des ailes de l'hôpital local a été baptisée l'aile Armstrong, en l'honneur de mon père. Il y a deux ans, à l'occasion de ses vingt ans de pratique à Branford, tous les gens qui avaient été ses patients pendant tout ce temps se sont réunis et ont rassemblé les fonds nécessaires à la construction de cette nouvelle aile, à laquelle ils ont ensuite décidé de donner son nom. Ce dont je me sens terriblement fière.

Ma sœur cadette, Nancy, ressemble comme deux gouttes d'eau à mon père, mais avec la personnalité de ma mère. C'est une combinaison très réussie.

Mais moi, mes parents m'ont adoptée quand j'avais cinq jours. Bien sûr, je possède certains traits de caractère qui ressemblent aux leurs, parce qu'ils sont mes parents depuis dix-sept ans. Mais l'identité de mes véritables parents reste un mystère complet pour moi. Quelque part existent deux êtres qui m'ont créée, et je ne sais pas qui ils sont. Mes cheveux sont très noirs et mes yeux, bleu clair. Génétiquement, c'est plutôt rare. D'où cela me vient-il ? Je n'en sais rien.

Quelquefois, la nuit, je n'arrive pas à dormir. Je me demande quelle est l'histoire qui se cache derrière ma naissance. Comment peut-on vouloir se séparer d'un bébé ? Pourquoi m'ont-ils donnée ? Je me sens à la fois furieuse, perplexe et triste. Je me dis que, où qu'ils soient, ils doivent ressentir la même chose. Je ne peux pas croire qu'ils m'aient oubliée.

Je suis certaine que cette situation aura une influence sur ma vie, non seulement au cours des quatre prochaines années, mais jusqu'à la fin de mes jours — ou du moins jusqu'à ce que j'aie trouvé les réponses à mes questions.

J'ai l'intention de travailler très dur à la faculté, parce que je veux devenir médecin, comme mon père. Mais, en même temps, j'ai décidé de tâcher de retrouver mes parents naturels. Je ne sais pas comment. Mais je suis sûre qu'il doit y avoir un moyen.

Nathalie avait couvert de sa petite écriture méticuleuse une page entière de son bloc de grand format. Arrivée au bout de son texte, elle mit la feuille sur le côté et recommença sur une deuxième page :

La caractéristique qui me distingue des autres est le fait que je souhaite tellement ardemment devenir un bon médecin. Depuis deux ans, je passe mes vacances d'été à travailler aux côtés de mon père. J'apprends à faire les analyses de laboratoire les plus courantes et j'observe la façon dont il traite les patients qui lui confient leur vie et leur santé.

Elle continua, et remplit également une page entière. C'est ce deuxième brouillon qu'elle recopia sur le formulaire de demande d'inscription et qu'elle envoya à l'université de MacKenzie.

Mais c'est le premier qu'elle montra à ses parents.

— Pourquoi ? s'était écriée sa mère, bouleversée. Pourquoi, Nathalie, pourquoi ? Quelle importance cela a-t-il ? Tu es devenue notre enfant alors que tu venais à peine de naître. Ton père et moi ne pensons jamais au fait que nous t'avons adoptée. Est-ce que tu as quelque chose à nous reprocher ? Est-ce que nous t'avons donné l'impression que tu étais différente ?

Nathalie avait secoué la tête, muette, en se mordant les lèvres. Il lui était impossible d'expliquer quelque chose qu'elle-même ne comprenait pas tout à fait. Une seule chose était claire : ce besoin. Elle s'était tournée vers son père dans l'espoir qu'il arrange les choses. Mais il avait l'air profondément troublé, lui aussi.

— Nat, avait-il fini par murmurer, je ne sais que dire. Je crois que ce serait une terrible erreur d'entreprendre ces recherches. Quel bénéfice pourrais-tu en retirer ?

— Je ne sais pas, avait-elle doucement répondu. Je ne sais pas. Mais il n'y aurait plus de secrets.

— Des secrets ? dit son père, heurté par ce mot. Nathalie, ta mère et moi n'avons jamais eu de secret vis-à-vis de toi. Nous ignorons tout de tes parents naturels. Et c'est très bien ainsi. Ton adoption a été arrangée par des gens dont c'était le métier et qui ne nous ont donné aucune information. Et nous ne leur avons posé aucune question. Tu es devenue notre fille, tout simplement, exactement comme Nancy, un an plus tard. À nos yeux, il n'y a pas la moindre différence entre vous deux. Vous avez été conçues, vous êtes nées, vous êtes entrées dans notre vie, vous êtes devenues nos filles.

— Ce n'est pas la même chose. Nancy a été conçue par vous, elle est née de vous. Ne me dites pas que c'est pareil. Qui m'a conçue, moi ? Et pourquoi m'ont-ils abandonnée ?

Sa mère lui caressa les cheveux.

— Nathalie, dit-elle, ces choses-là n'ont pas d'importance. Elles n'ont vraiment aucune importance.

— Si, insista Nathalie. Pour moi, elles en ont.

— Nat, dit enfin son père, laisse-nous le temps de parler de tout cela, ta mère et moi. Pour l'instant, nous sommes un peu en état de choc tous les deux. Donne-nous un minimum de temps et nous en reparlerons.

À contre-cœur, Nathalie acquiesça. Et le rideau translucide descendit entre eux. Deux mois avaient passé depuis cette conversation, et ses parents n'y avaient plus jamais fait allusion.

3

On était au mois de mai. Nathalie discutait avec Paul.

Il y avait moyen d'avoir de bonnes discussions avec Paul et c'était une des choses que Nathalie aimait dans leur relation. À ce point de vue-là, Paul ressemblait à son père : il écoutait ce qu'elle avait à dire, il la prenait au sérieux, il l'encourageait à tenir à ses idées, même si elles ne correspondaient pas aux siennes. Du moins, c'est ainsi que cela se passait la plupart du temps.

Cette fois-ci, après avoir longuement regardé Nathalie, Paul avait froncé les sourcils et avait dit :

— Conneries.

Elle venait de lui annoncer qu'elle voulait se mettre à la recherche de ses parents naturels. L'après-midi, déjà, elle en avait parlé à Becky et à Gretchen, et toutes deux avaient demandé :

— Pourquoi ?

Paul, lui, n'avait pas demandé pourquoi.

Il secoua la tête et répéta :

— Conneries.

Ils étaient assis dans la vieille Volkswagen cabossée de Paul, qu'il avait arrêtée dans l'allée qui menait à la maison des Armstrong. Ils avaient été voir un film d'horreur et avaient passé leur temps à en rire pendant tout le retour : les trucages étaient aussi grossièrement visibles que possible, les monstres avaient des coutures apparentes et des yeux mal synchronisés, et Paul s'était amusé à conduire en imitant un dinosaure mal réglé. Mais leur bonne humeur avait disparu dès que Nathalie avait entamé cette conversation.

— Tu veux bien expliciter un peu mieux ta pensée ? dit-elle, mécontente. Elle avait cru que Paul la comprendrait.

— Nat, dit-il, tu as des parents merveilleux. Tu n'as pas le droit de leur faire ça.

— Bon sang ! Paul, à t'entendre, on dirait que je suis en train de préméditer un crime. Je ne leur fais rien à eux. J'*adore* mes parents. Simplement, il faut que je sache, c'est tout.

— Pourquoi ? Quelle différence cela fera-t-il ? Aucune.

— Tu as beau jeu de dire cela, toi. Tu as un arbre généalogique qui remonte à l'époque du *Mayflower* ou presque. Tu ne peux pas savoir l'effet que ça fait de ne pas savoir d'où on vient.

— Mais qu'est-ce que ça peut faire, Nathalie ? Je ne sais absolument pas qui étaient mes ancêtres. C'est écrit quelque part, mais je n'ai jamais lu tous ces papelards. Cela n'a aucune importance pour moi. Il n'y a que ma mère qui attache de l'importance à tout cela, parce qu'elle aime participer à ces stupides réunions des Filles de la Révolution Américaine. C'est ça que tu veux, Nat ? Mettre un chapeau à fleurs et aller chanter des hymnes patriotiques ?

— Arrête, Paul. Tu me connais mieux que ça, non ? Écoute-moi. Mon passé lointain m'est complètement égal. C'est ma mère que je veux trouver. Je veux savoir ce qui s'est passé. Pourquoi je suis née. Pourquoi elle m'a donnée. Qui elle était. Qui elle est.

Il garda le silence pendant un instant. Puis il dit calmement :

— Et si jamais tu découvrais que c'est une putain de bas étage et qu'elle fait le trottoir à Boston ?

Elle eut l'impression qu'il l'avait giflée.

— Tu es infâme, dit-elle.

— Non, dit-il. Je pense à toi, Nat. Écoute : on est ce qu'on est, et cela n'a rien à voir avec d'où on vient. Je veux dire, avec les gens dont on est issu.

— Ce n'est pas vrai.

Paul poussa un soupir.

— Est-ce que tu te souviens d'une fille qui s'appelait Brenda je-ne-sais-plus-comment, dit-il, et qui a quitté l'école au milieu du secondaire ?

— Oui, répondit Nathalie en le regardant. Elle se faisait recaler à tous les cours, même en cuisine. Mais elle avait un joli sourire. Je me rappelle ce sourire un peu idiot, à la fois égaré et effrayé. Esseulé. Pourquoi ?

— Eh bien, Brenda travaille maintenant à la conserverie de poisson. Elle a toujours le même sourire, aussi esseulé et aussi idiot. Peut-être est-ce même cela la raison, parce qu'elle est seule et idiote ? Toujours est-il que Brenda accepte d'aller au lit avec n'importe qui. Il suffit de lui rendre son sourire et de lui payer deux bières.

— Et alors ?

— J'y arrive. Imagine que ce soir, après t'avoir quittée, j'aille du côté du port, je paye deux bières à Brenda et je couche avec elle.

— Paul !

— Je ne vais pas le faire, Nat. Mais ce serait parfaitement possible si je le voulais. La moitié des types de la classe l'ont fait. Supposons que je le fasse et que Brenda soit enceinte. De moi. Mais elle ne saurait même pas de qui est le bébé, ce pourrait être celui de n'importe qui. Continuons nos suppositions : Brenda accouche, son pauvre corps maigre, paumé, de demi-débile mentale donne naissance à un bébé. À ton avis, est-ce que ce bébé aurait quoi que ce soit de commun avec moi ?

— Oui, dit Nathalie. Peut-être qu'il aurait tes yeux. Ton intelligence. Il serait une partie de toi.

— Ça, ce sont des conneries, Nat, dit Paul avec humeur. Je ne suis pas d'accord avec toi. Ce serait un bébé, sans plus. Probablement maladif. Né par erreur, parce qu'un type, un jour, a eu envie de baiser et avait de quoi acheter un peu de bière. L'hérédité, c'est de la blague.

— Permets-moi de te poser une question, Paul. Est-ce que tu trouves que je pourrais être la fille d'une prostituée — ou, pour reprendre ton expression, d'une putain de bas étage qui fait le trottoir à

Boston ? Ou bien d'une malheureuse paumée comme Brenda ?

Il se détourna et, par la fenêtre de la voiture, son regard se perdit de l'autre côté de la pelouse. Il ne répondit pas.

— Oui ou non ? insista Nathalie.

— Non, dit-il enfin.

— Eh bien, moi non plus, bon sang ! Je pense qu'il existe quelque part une femme aux cheveux noirs qui, un jour, a accouché d'une petite fille qu'elle n'a pas pu garder. Pour des raisons bien particulières. Et je crois qu'elle y pense toujours, à cette petite fille, et qu'elle se demande où elle est. Où je suis. Et je vais la retrouver, Paul. C'est mon droit.

Elle l'embrassa rapidement et sortit de la voiture. Paul mit le moteur en marche et la rappela :

— Nat !

— Oui ? dit-elle en s'approchant de sa fenêtre.

— Ne fais pas souffrir tes parents.

Elle ne répondit pas tout de suite.

— C'est déjà trop tard, dit-elle enfin, en serrant les bras autour d'elle dans la fraîche brise du soir. Si seulement j'avais pu faire autrement !

Tournant les talons, elle courut vers la maison tandis que Paul faisait marche arrière et rentrait chez lui.

4

— Nathalie, dit son père, ne t'imagine pas que nous avons tout bonnement oublié. Ta mère et moi en avons longuement parlé et reparlé.

— Pourquoi ne pas m'en avoir parlé à moi ?

— Cela viendra, Nathalie. Donne-nous le temps. Ce n'est pas facile.

— Ce n'est pas facile pour moi non plus.

— Je sais, ma chérie, dit-il. Mais il faut que tu nous laisses encore un peu plus de temps.

Il la serra dans ses bras.

Comme j'aime cet homme ! se dit-elle. Mon père. Pourquoi cela ne me suffit-il pas ?

5

Nancy entra dans sa chambre et referma la porte.

— Nat, demanda-t-elle, qu'est-ce qui se passe entre toi et les parents ?

— Qu'est-ce que tu veux dire ? demanda Nathalie, qui était occupée à se brosser les cheveux.

— Oh ! s'écria Nancy, tu me laisses jouer avec tes cheveux ? Comment comptes-tu te coiffer pour la remise des diplômes ? Empoignant la brosse, Nancy rassembla la masse sombre des cheveux de sa sœur et les releva en chignon. Pas mal, pas mal ! dit-elle.

Nathalie se regarda dans la glace, tandis que Nancy maintenait des deux mains le précaire édifice.

— En effet, dit-elle, ce n'est pas mal, Nance. Mais ça ne marcherait jamais : n'oublie pas que je devrai porter un de ces atroces chapeaux plats. Refais-le un peu plus bas.

Nancy recommença le chignon, sur la nuque cette fois. Cela donnait à Nathalie l'air plus âgé, plus sophistiqué. Les deux sœurs s'observèrent dans le miroir. Nancy avait les cheveux légers, courts et frisés — le genre de cheveux qui sont toujours pareils à eux-mêmes, malgré toutes les coiffures qu'on essaie de leur infliger. Elle se fit un sourire qui fit naître ses fossettes, puis elle loucha et pouffa de rire. Enfin, elle lâcha les cheveux de Nathalie, et ils retombèrent, lourds et lisses.

— Tu as tellement de chance, dit-elle.

J'aimerais que les gens cessent de me répéter que j'ai de la chance, se dit Nathalie. Ou bien que ce soit également mon impression — du moins, j'aimerais croire que c'est une bonne chose d'avoir de la chance.

— J'ai bu deux verres de bière à la party de Karen, samedi dernier, lui confia Nancy. Et après j'ai vomi.

— Ça t'apprendra, dit Nathalie.

— Oui, ça m'apprendra à courir plus vite à la salle de bains ! J'ai vomi par terre, à la cuisine. C'était dégoûtant. Personne ne m'a aidée à nettoyer.

— Papa t'a dit cent fois que si tu as envie de boire tu dois boire lentement. Par petits coups. En combien de temps avais-tu bu ces deux bières ?

— En cinq minutes, à peu près. C'était un concours, et j'ai gagné. Mais après, on a déclaré que ma victoire ne comptait pas parce que j'avais vomi.

— Tu l'as dit à Papa ?

— Je n'ai pas eu besoin de le lui dire ! dit Nancy en riant. Il était encore debout quand je suis rentrée. Il m'a regardée et il m'a dit que ma figure avait la couleur des compresses de Furacine. Ça a quelle couleur, ces trucs ?

— Jaune pisseux.

— Je m'en doutais. Je ne comprends pas comment tu peux travailler avec lui au cabinet. Bêrk !

— J'avoue qu'au début j'étais parfois dégoûtée. Mais on s'y habitue. Et c'est formidable de travailler pour Papa. Quand j'ai commencé, il m'a dit qu'il fallait que je regarde tout, que je ne me détourne jamais. Il m'a dit : « Si un jour tu sens que tu vas vomir ou t'évanouir, va le faire dans la pièce à côté. Mais ne fuis jamais. Car, un jour ou l'autre, tu seras bien forcée de tout voir. Cela fait partie de la vie. Et si tu veux réellement devenir médecin, tu devras apprendre à faire face à tout cela ».

— Cela t'est arrivé, de vomir ou de t'évanouir ?
— Non. Une fois, j'ai pleuré.
— Pourquoi ?
— Oh, c'est une longue histoire. C'était au début des grandes vacances, l'été dernier. À la fin d'une de ces journées où le cabinet n'avait pas désempli depuis le matin. Il était déjà cinq heures, environ, et il y avait encore plusieurs patients qui attendaient. La réceptionniste, de son côté, recevait des appels téléphoniques sans arrêt. Papa et l'infirmière se trouvaient dans l'une des chambres d'examen et moi j'étais au laboratoire, en train de stériliser des instruments. À ce moment-là, la réceptionniste est entrée, complètement à bout, et elle m'a demandé si je ne voulais pas prendre sa place pendant quelques minutes, parce qu'elle devait absolument aller aux waters.

« Je suis allée m'asseoir à son bureau. Elle était à peine partie qu'un jeune couple a fait irruption, en portant un bébé enveloppé dans une couverture. La mère criait je ne sais quoi à propos de son bébé, le père parlait en même temps pour essayer de me donner des explications, enfin ils m'ont tendu le bébé en disant : « Faites quelque chose ! » Ils me l'ont fourré dans les bras, tout en parlant et en pleurant à la fois.

« Je me suis précipitée avec le bébé, les parents sur les talons. La porte du bureau de Papa était ouverte, je leur ai dit d'aller s'y asseoir. Puis je suis allée cogner à la porte de chambre d'examen où Papa se trouvait avec un patient et je lui ai dit de venir immédiatement à la chambre voisine. J'y suis allée et j'ai posé le bébé sur la table d'examen, et Papa est arrivé juste après moi. Avant qu'il ne soit là, je savais déjà que le bébé était mort. Il était... Il était mort, c'est tout.

« Papa a commencé par agir très vite, mais bientôt ses gestes sont devenus plus lents et se sont arrêtés tout à fait, et il a tout à coup eu l'air terriblement fatigué. Il m'a dit que le bébé était mort depuis plusieurs heures. Puis il m'a demandé où étaient les parents, et s'ils avaient expliqué quelque chose.

« Je lui ai dit qu'ils attendaient dans son bureau. D'après ce que j'avais compris au milieu de leurs cris, leur bébé ne s'était pas réveillé après sa sieste ; quand ils étaient entrés dans sa chambre pour le prendre, ils l'avaient trouvé dans cet état-là, tout calme et pâle. Papa a ôté au bébé son petit pyjama et sa chemise et l'a examiné très soigneusement. Son corps ne portait aucun signe particulier.

« Finalement, il m'a dit : Nathalie, voici probablement un cas de ce qu'on appelle le syndrome de la mort subite infantile. Il n'y a pas d'explication. La mort survient, tout simplement. Chose étrange, c'est surtout parmi les bébés de sexe masculin que l'on observe le plus de cas. Bien sûr, il faudra faire une autopsie. Moi, je ne peux plus rien pour ce petit. Ses parents, par contre, ont besoin de moi, et je vais devoir aller les trouver, à présent.

« À ce moment-là, il a vu que je m'étais mise à pleurer. Et il est devenu très sévère. Il m'a dit : « Nathalie, arrête de pleurer. Arrête *immédiate-*

ment. » Il m'a répété qu'il allait aller voir les parents et qu'il voulait que je reste avec le bébé. Il m'a dit de le rhabiller soigneusement et de le coiffer, pour que ses parents, en le revoyant, ne le trouvent pas tout nu sur une table d'examen, comme un simple spécimen médical.

« Alors, il m'a laissée là. J'ai cessé de pleurer. Comme le lange du bébé était mouillé, j'en ai improvisé un propre avec une serviette, que j'ai fixée avec les épingles qui attachaient le lange humide. C'étaient de jolies épingles de nourrice, avec de petits chapeaux en plastique bleu en forme de têtes de canards. Je lui ai mis sa petite chemise, puis son pyjama bleu et blanc, à petits carreaux. Je lui ai lavé la figure. Je l'ai coiffé. Il avait les cheveux sombres. Je lui ai fait une boucle sur le haut de la tête, parce que je me disais que c'était sans doute comme ça que sa mère le coiffait. Et... tu veux savoir une chose complètement dingue, Nance ?

Nancy fit oui de la tête.

— Pendant que je l'apprêtais, je lui parlais. Il avait l'air tellement seul, tout calme, immobile. Je lui disais : « Tu es un beau petit garçon. Ta vie n'a pas été très longue, mais je parie qu'elle a été heureuse. Je parie que tu faisais des sourires à ta maman quand elle te berçait. Maintenant, je veux que tu sois très beau pour quand ton papa et ta maman te diront au revoir. » Et j'ai fait boucler ses cheveux autour de mon doigt, et effectivement, il était très beau.

« Au bout d'un moment, Papa est entré avec les parents, et je les ai laissés. Papa avait téléphoné à l'hôpital et on allait venir les chercher. Ils sont sortis par la porte de derrière. C'est le père qui portait le corps du bébé.

« Papa est venu me retrouver dans le laboratoire, il m'a entraînée dans son bureau et il a fermé la porte. Et il m'a dit : « Maintenant, tu peux pleurer. » Et j'ai éclaté en sanglots. J'ai pleuré, pleuré, et il me tenait dans ses bras. Et quand je me suis finalement calmée, je me suis mouchée et il m'a dit : « Un jour, Nathalie, tu seras un excellent médecin. »

Muette, Nancy regardait fixement sa sœur.

— Moi, je n'aurais jamais été capable de faire ça, Nat. Je ne pourrais même pas regarder un bébé mort.

— Mais oui, tu en aurais été capable, dit Nathalie. On trouve la force de faire n'importe quoi, quand il le faut.

— Pour la gnôle, tu ne diras rien, O.K. ?

Nathalie sourit.

— Tu parles comme Maman, dit-elle. À propos, tu me demandais ce qu'il y avait entre les parents et moi. Tiens, lis ça et dis-moi ce que tu en penses.

Elle donna à sa sœur le papier qui se trouvait dans le tiroir de son bureau. Nancy s'enfonça dans le grand fauteuil en osier et, les jambes repliées sous elle, elle se mit à le lire.

— Ce que j'en pense ? dit-elle lentement, lorsqu'elle eut terminé. Je pense que si c'était moi tout cela me serait parfaitement égal. Mais je pense aussi qu'il s'agit de toi, et pas de moi. Et si c'est tellement important pour toi, je t'aiderai dans toute la mesure de mes possibilités.

— Merci, Nance. Je crois que je dois faire cela toute seule. Mais je suis heureuse que tu me comprennes.

— Il y a une chose que je peux faire, dit Nancy.

— Quoi ?

— J'en parlerai à Papa et Maman.

6

Becky et Gretchen frappèrent un petit coup à la porte de la cuisine et entrèrent. Nathalie était installée en compagnie de sa mère, à siroter une tasse de café. C'était samedi matin. L'évier de la cuisine était rempli de pissenlits jaune vif.

— Quelle horreur ! s'écria Becky en faisant la grimace. Pourquoi tous ces pissenlits ?

— Maman, dit Nathalie en lançant à sa mère un regard espiègle, je crois que tu ferais mieux de tout leur raconter.

Kay Armstrong eut l'air légèrement embarrassée.

— Eh bien... dit-elle, et elle se versa encore un peu de café. Vous en voulez ? demanda-t-elle. Les trois filles secouèrent la tête.

— Eh bien, répéta-t-elle, voilà. J'ai décidé de faire du vin de pissenlit.

— Tiens ! dit Gretchen. C'est chouette ! Comment fait-on ?

Kay Armstrong ne répondit rien.

— Dis-leur tout, Maman, dit Nathalie en riant.

— Je ne sais pas comment on fait, confessa Kay. Laissez-moi commencer par le commencement. Hier soir, au moment où j'allais m'endormir — vous savez, c'est souvent quand on est sur le point de sombrer dans le sommeil que viennent les idées les plus fantastiques — je me suis dit tout à coup que ce serait formidable de faire du vin de pissenlit. Est-ce que l'une de vous a déjà goûté du vin de pissenlit ?

Elles secouèrent la tête.

— Moi non plus, dit Kay Armstrong. N'empêche que, hier soir, il me semblait que ce serait très amusant d'essayer. Et puis, je me suis rappelée qu'il n'y avait pas un seul pissenlit dans notre jardin. Le père de Nathalie est un excellent jardinier. Chaque printemps, il fait des choses magiques qui ont pour effet d'éliminer de la pelouse toutes les mauvaises herbes à feuilles larges. Ce qui inclut les pissenlits. Avez-vous déjà remarqué que nous n'avons pas une seule mauvaise herbe à feuilles larges dans notre jardin ?

— Non, dirent Gretchen et Becky en pouffant de rire.

— Eh bien, jetez un coup d'œil en passant, tout à l'heure. Vous verrez qu'il n'y en a pas une. Ceci dit, toujours dans mon demi-sommeil, je me suis souvenue que les Gibson, deux jardins plus loin, ont plein de pissenlits. Des millions. Manifestement, ils n'ont pas encore résolu le problème des mauvaises herbes à feuilles larges. Donc, j'ai décidé de me servir des pissenlits des Gibson.

Mais les Gibson sont partis pour le week-end. Leur fille se marie, à Denver. Il n'y avait pas moyen de leur demander la permission.

Elle but une petite gorgée de café.

— Il ne restait qu'une seule chose à faire, reprit-elle. Voler leurs pissenlits. J'ai décidé de le faire très tôt le matin, pour que personne ne me voie dans leur jardin. Et j'ai réglé mon réveil mental pour qu'il sonne à cinq heures. Vous savez comment on règle son réveil mental ?

Elles secouèrent la tête.

— C'est une tout autre histoire — je vous en parlerai à l'occasion. Cela a un rapport avec l'auto-hypnose. Toujours est-il qu'à cinq heures précises je me suis réveillée. Je me suis levée très doucement, parce que je ne voulais pas qu'Alden sache ce que j'allais faire, de peur qu'il ne me trouve complètement folle. Et vous autres, est-ce que vous me trouvez folle ?

— Non, dit Becky.

— Oui, dit Nathalie.

— Enfin, il s'est tout de même vaguement éveillé. Sans ouvrir les yeux, il m'a demandé : Quelle heure est-il ? Où vas-tu ? Et je lui ai répondu : Il est cinq heures, et je vais faire pipi. Alors il m'a dit : Tu devrais faire radiographier tes reins, et puis il s'est retourné et s'est profondément rendormi. J'ai mis ma robe de chambre et je suis descendue.

« Je suis allée dans le jardin des Gibson, en passant par le fond du jardin des O'Hara, toujours en robe de chambre. Quand je suis arrivée chez les Gibson, au milieu de tous ces pissenlits — soit dit en passant, c'était véritablement merveilleux, le soleil était en train de se lever, l'herbe était humide de rosée, tout leur jardin était d'un jaune resplendissant, tant il y avait de pissenlits... Un spectacle inoubliable ! — donc, quand je me suis retrouvée au milieu des pissenlits, j'ai réalisé que je n'avais rien dans quoi les mettre.

« Alors, j'ai enlevé ma robe de chambre, je l'ai étalée par terre et j'ai commencé à la remplir de pissenlits. C'était charmant. J'avais une chemise de nuit blanche, et je crois que je devais ressembler à un tableau de Renoir, penchée comme je l'étais pour cueillir des fleurs au lever du soleil. D'ailleurs, c'était une très jolie chemise de nuit. Qu'est-ce que tu dirais, Nathalie, qu'elle est translucide ?

— Non, transparente.

— Peut-être. Bah ! il n'y avait personne à l'horizon. Donc, j'ai rempli ma robe de chambre, et puis j'ai rassemblé les quatre coins et je les ai noués. Ça faisait un beau ballot. Et, tout à coup, j'ai eu l'idée d'essayer de le porter en équilibre sur ma tête, vous savez, comme les femmes indigènes dans les pays des mers du Sud.

Becky et Gretchen n'en pouvaient plus de rire.

— Ne riez pas ! dit Kay Armstrong avec un large sourire. Alors, je suis rentrée, en retraversant le jardin des O'Hara, très précautionneusement, avec ma robe de chambre bourrée de pissenlits sur la tête. Je suis sûre que c'était un excellent exercice de maintien. Et c'est à ce moment-là que le laitier est arrivé et est tombé nez à nez avec moi.

« J'ai commencé à lui expliquer ce que j'étais en train de faire, mais j'avoue que j'étais un peu mal à l'aise, parce que je savais que ma chemise de nuit était tout de même légèrement indécente — bien qu'à mon avis elle ne soit que translucide, et non transparente, Nathalie...

« Bien entendu, je ne pouvais pas mettre ma robe de chambre, puisqu'elle était pleine de pissenlits...

— Et qu'elle était perchée sur votre tête, interrompit Gretchen.

— Non, voyons, ne sois pas ridicule. Je l'avais reprise dans mes bras dès que j'avais vu le laitier.

« Je voyais bien qu'il ne comprenait pas un mot de ce que j'essayais de lui dire, alors j'ai décidé de ne pas insister et de rentrer bien gentiment. Je lui ai dit : « Bonne journée ! » et j'ai voulu ouvrir la porte de la cuisine. Mais elle était fermée et j'étais évidemment sortie sans ma clé.

« J'ai dû sonner pendant un bon moment avant qu'Alden ne s'éveille et ne descende, et pendant tout ce temps le pauvre laitier ne savait pas s'il devait s'en aller ou rester là. Il a choisi de rester et, quand Alden est apparu à la porte, il nous a trouvés tous les deux, moi en chemise de nuit, portant mon ballot de pissenlits, et le laitier figé sur place, l'air ahuri, comme s'il avait pénétré par erreur dans un asile d'aliénés.

— Qu'est-ce que le Dr Armstrong a dit ? demanda Becky.

— Il est resté immobile pendant une minute, puis il m'a dit : Je croyais que tu devais aller faire pipi ? Alors, le laitier a pris la fuite.

Kay Armstrong s'écroula de rire.

— Par la suite, reprit-elle, je me suis rendu compte que je n'avais pas la moindre idée de la façon dont on fait du vin de pissenlit. À vrai dire, l'idée ne me semblait même plus si bonne. J'ai mis tous les pissenlits dans l'évier, et deux bourdons en sont sortis et m'ont piquée au bras. Du coup, j'ai eu l'impression que les pissenlits eux-mêmes étaient plutôt hostiles à mon idée. Et maintenant, conclut Kay Armstrong en se levant d'un air décidé, je vais tous les envoyer à la poubelle.

— *Sic transit gloria,* dit Gretchen en riant.

— Qu'est-ce que ça veut dire ? demanda Becky.

— Ça veut dire que je vais glorieusement m'étouffer de rire.

— Nat, dit gravement Becky, lorsqu'un peu plus tard elles se retrouvèrent dans la chambre de

Nathalie, comment peux-tu ne pas être satisfaite de la mère que tu as ?

— Je suis parfaitement satisfaite, dit Nathalie. Cela n'a absolument rien à voir avec ça.

7

La remise des diplômes se passa comme toutes les remises de diplômes. Nathalie y avait assisté plusieurs années de suite, elle avait vu ses amis et amies s'aligner sur la scène, en toque et en toge académique, avec en outre une rose rouge pour les filles. Certains avaient des prix spéciaux à aller chercher, d'autres portaient une étole qui représentait des honneurs particuliers. La fanfare de l'école, où les clarinettes étaient en surnombre, jouait l'hymne de l'école. On pleurait, on souriait tout à la fois. L'un après l'autre, les lauréats qui avaient reçu leur diplôme faisaient passer de gauche à droite le gland de leur toque. Du côté des parents, les flashes n'arrêtaient pas de crépiter. Et puis il y avait les discours, qui se répétaient, vraiment identiques, d'une année à l'autre.

Mais cette année-ci, elle était au nombre des lauréats. C'était son père à elle qui visait soigneusement et prenait des photos (ce ne seraient, elle le savait par expérience, que des instantanés flous de personnages décapités). Cette année-ci, elle écouta les voix nerveuses des trois étudiants choisis pour les discours, et elle tâcha de trouver dans leurs phrases stéréotypées des enseignements applicables à sa propre existence.

Gretchen était au nombre des orateurs. Ses points remarquables l'avaient maintenue à la tête de sa classe depuis des années, et elle avait obtenu les bourses nécessaires à la poursuite de ses études. Elle irait faire les sciences politiques à Wellesley. Au moment où elle se leva pour prendre la parole, Nathalie sourit en songeant au vieux short en jean délavé que son amie portait sous la lourde toge académique. Il faisait chaud. L'été avait commencé pour de bon, cette fois, et tout le monde s'en réjouissait.

— Connaître, commençait Gretchen, cela signifie : « naître avec ».

Quelques-uns des lauréats se regardèrent et échangèrent un rapide sourire. Combien de discours de remises de prix n'avaient-ils pas commencé par des aphorismes équivalents ? Connaître, cela signifie « naître avec ».

Nathalie repéra sa famille, parmi la foule. Son père, solennel et attentif, vêtu de son meilleur costume. Pour une fois, les bouts de son stéthoscope ne sortaient pas de sa poche. À ses côtés, Nancy, plus frisée que jamais à cause de l'humidité de cette après-midi de juin. Ses yeux bleus scrutaient sans arrêt les quatre coins de l'assistance, à la recherche de ses amis. Elle n'écoutait pas. Qu'importe ? songea Nathalie. L'année prochaine, quand elle recevra son diplôme à son tour, quelqu'un d'autre se lèvera pour prendre la parole et prononcera sans doute une phrase similaire. « Connaître, cela signifie naître avec ». Nathalie regarda sa mère. Comme elle était jeune et séduisante ! Elle écoutait, elle, le discours de Gretchen. Mais c'est Nathalie qu'elle regardait. Leurs yeux se rencontrèrent. Elles échangèrent un clin d'œil et un sourire.

La salle de gymnastique de l'école de Branford semblait plus austère qu'à l'accoutumée. Pendant la saison de basket-ball, il y avait généralement un grand panneau fixé au mur et sur lequel s'alignaient de grandes lettres maladroites : « Soutenons l'équipe sportive de l'école ! » Le panneau avait été décroché. Au mois de mai, à l'occasion du bal des Terminales, la salle avait été transformée : guirlandes de papier crêpon, lumière tamisée, tables recouvertes de nappes aux tons pastels — sans oublier la grosse boule à facettes que l'on avait suspendue au milieu du plafond et qui, en tournant, captait et reflétait mille rayons de lumière colorée. Tous ces éléments qui avaient servi à la féerie d'un soir avaient disparu, eux aussi.

Et la salle de gym n'était qu'une salle de gym. Avec, toutefois, quelque chose d'impressionnant dans l'air. Tout le cérémonial de la remise des diplômes...

— Naître, poursuivait Gretchen avec lenteur, c'est partir à zéro. C'est savoir que l'on n'est encore nulle part.

Nathalie se tourna vers elle et l'écouta plus attentivement.

— Tout reste à faire, tout notre avenir est à bâtir. Ici, à l'école, nous avons pris l'habitude d'être les aînés, les « grands », ceux qui savent tout, ceux qui ont tout vu, ceux que les « petits » admirent et envient. Et, effectivement, nous sommes assez mûrs, à présent, pour suivre notre chemin tout seuls. Certains d'entre nous se destinent à l'université, d'autres vont entamer dès à présent leur vie professionnelle, d'autres enfin sont sur le point de se marier...

Les lauréats se tournèrent tous en souriant vers Marcia Pickering, qui rougit et caressa du bout d'un doigt le minuscule diamant qui brillait à son annulaire.

— ...mais, soyons honnêtes : tous, tant que nous sommes, nous nous croyons très malins.

« Or, nous avons tout à apprendre. Ne l'oublions pas. Certaines portes ne nous sont pas encore ouvertes. Certaines des voies que nous choisissons aujourd'hui risquent d'être extrêmement dures et semées d'embûches. N'oublions pas que ceux qui nous ont aidés et conseillés jusqu'ici — parents, professeurs et autres — seront encore là pour nous prodiguer leur aide et leurs conseils. Et, lorsque nous en aurons besoin, leur tolérance et leur compréhension.

« Nous nous souvenons tous du film *Bambi,* qui a enchanté notre enfance. Aujourd'hui, nous sommes pareils à Bambi lorsque, arrivé à l'orée de la forêt, il s'immobilisait, effrayé par la grande prairie qui s'ouvrait devant lui. C'était l'inconnu. C'était le danger.

« Bambi avait raison. Et nous aussi, nous nous trouvons au seuil de l'inconnu. Quelles que soient les orientations que nous avons choisies, elles ont ce point-là en commun : elles sont *l'inconnu.* Et dans l'inconnu, il peut y avoir des dangers. Ne nous précipitons donc pas tête baissée, sans réfléchir. Nous nous croyons tellement mûrs ? Eh bien, c'est le moment de faire preuve de maturité. Sachons nous engager harmonieusement dans cette nouvelle tranche de vie qui s'ouvre à nous. Nous avons accumulé jusqu'à présent un certain bagage de *connaissances.* Que ce jour soit pour nous tous une *naissance* à une vie plus adulte et plus épanouie. Merci de votre attention.

Gretchen se rassit, heureuse d'avoir terminé et intimidée par les applaudissements. Nathalie la regarda, capta son regard, sourit et, pouce en l'air, la félicita du geste.

Les discours achevés, les diplômes distribués, la fanfare entonna une marche finale. Les lauréats se placèrent en deux rangs le long de l'allée centrale et sortirent par la large porte de la salle de gymnastique. Nathalie ne tarda pas à retrouver sa famille. Elle donna sa rose à Nancy, embrassa ses parents, envoya de loin un baiser à Paul qui, planté dans le gazon, posait gauchement pour l'Instamatic de son père, en disant : *« Cheese »*.

— Rentrons à la maison ! s'écria Nancy.

— Attends ! dit Nathalie, je voudrais voir tous mes copains !

— Oh ! Nat, insista Nancy, rentrons vite ! Il y a des cadeaux !

Nathalie sourit. À seize ans bien sonnés, Nancy s'éveillait encore à l'aube le matin de Noël. Elle prononçait le mot « cadeaux » avec tout le ravissement sans mélange d'une fillette de quatre ans. Même si les cadeaux n'étaient pas pour elle, et ce n'en était que plus charmant.

Installée au salon, Nathalie ouvrait ses cadeaux. À mesure qu'elle défaisait les emballages, sa mère prenait les rubans et les arrangeait, un par un, sur la tête de l'héroïne du jour. Bientôt, celle-ci fut couverte de nœuds, de choux, de flots de rubans jaunes, verts et roses, et elle eut l'impression de ressembler à cette illustration d'*Alice au pays des merveilles* où l'on voit le bébé de la Duchesse affublé de son énorme bonnet à frou-frous. Nathalie se sentait à la fois heureuse et légèrement sotte, comme si elle avait bu du champagne.

Nancy lui offrait un très joli bijou : un nœud d'argent poli, au bout d'une chaîne aux maillons souples. Elle la contempla qui coulait entre ses doigts et songea au jour où, toute petite, elle avait essayé en vain d'attraper le mince filet d'une petite chute d'eau. Puis, elle attacha la chaîne derrière sa nuque et sourit à sa sœur.

Tante Hélène était en croisière dans la Méditerranée. Mais elle avait envoyé un cadeau. D'un même mouvement, tous les quatre se tournèrent spontanément vers le poste de télévision. Ce colis-ci était trop petit pour être un deuxième léopard.

— Si je le laissais pour la fin ? dit Nathalie.

— Non, dit Nancy, péremptoire. Ouvre-le, qu'on en finisse. Garde plutôt celui de Papa et Maman pour la fin.

— Vous croyez que c'est un abonnement mensuel au Club du Fruit Exotique ? demanda la mère de Nathalie, en repensant à cette année où, chaque mois, ils avaient consciencieusement déballé des horreurs plus qu'à moitié pourries, impossibles à identifier, ramollies et exhalant des senteurs douceureuses. Chaque mois, le contenu du colis avait achevé sa carrière avec les détritus.

— Hé ! s'exclama Nathalie, ravie et stupéfaite. Regardez !

C'était un dictionnaire médical relié plein cuir.

Son père poussa un soupir de soulagement.

— Elle a mûri, dit-il. Enfin !

— Comme la mangue ? dit Kay Armstrong en pouffant de rire.

La mangue avait mûri, en effet — la mangue qui avait été leur Fruit Exotique du Mois. Elle avait même un peu trop mûri, tout l'intérieur de la boîte dans laquelle elle avait voyagé en était barbouillé et elle s'était mise à dégouliner de partout, laissant sur son passage une traînée de gouttes malodorantes lorsqu'on s'était hâté de la porter vers la poubelle.

— Non, dit Nathalie. Elle est chouette, la tante Hélène. Elle souleva la couverture du dictionnaire et lut la dédicace qu'avait inscrite la sœur de son père, puis elle fit la grimace. Enfin, reprit-elle, elle est à moitié chouette.

— La semi-horrible tante Hélène, dit Nancy. Qu'est-ce qu'elle a écrit ?

— Une déclaration bien dans son genre, dit Nathalie. Vous êtes sûrs que vous avez envie de l'entendre ?

— Non, répondit son père. Mais lis-la nous quand même.

Nathalie se leva, leur fit face et, en s'efforçant d'imiter la voix pincée de la tante Hélène, elle lut :

« Ce n'est pas une carrière qui convient à une femme. Mais, puisque tu as choisi d'étudier la médecine, reçois mes vœux de succès. »

Ils soupirèrent en chœur.

— Tu avais raison, Nancy, dit le Dr Armstrong. Elle a beau être ma sœur, elle est semi-horrible.

— Comme une membrane semi-perméable, dit la mère de Nathalie. Certaines choses passent. Pas tout à fait assez. Mais il faut dire que c'est un beau dictionnaire.

Autrefois, elle avait dit sur le même ton : « Il faut dire que c'est le plus beau léopard en céramique verte que j'aie jamais vu. Cela, il faut bien l'admettre. »

— Ouvre celui de Tallie, dit Nancy avec impatience. Ouvre celui de Tallie !

C'était une phrase qu'ils disaient à chaque Noël, à chaque anniversaire : « Ouvre celui de Tallie ! Ouvre celui de Tallie ! »

Tallie Chandler était leur seule grand-mère encore en vie. Elles n'avaient plus de grand-père. Tallie était la mère de leur mère. Le sculpteur. Elle habitait en appartement, à Boston, pendant l'hiver, et passait tous les étés sur une île au large de la côte du Maine. En bateau et en voiture, elle n'était qu'à cinq heures de route, mais rien ne pouvait l'arracher à Ox Island une fois qu'elle y était. Pas même la remise des diplômes de sa petite-fille. « Elle est venue à notre mariage, avait un jour raconté Kay, en riant, mais uniquement parce que nous l'avions fixé au dernier week-end qu'elle passait à Boston avant de partir pour l'été ! Nous nous sommes mariés dans son appartement. »

Le paquet pesait lourd. Sous le premier emballage se trouvait une boîte enveloppée dans un deuxième papier — un papier artisanal, blanc cassé, décoré d'un dessin géométrique bleu et vert, qui se reproduisait à intervalles réguliers.

— Elle est incroyable, murmura le Dr Armstrong. Regarde, Kay. Elle a fait ce papier à la main. Elle aurait dû le signer. On pourrait presque l'encadrer, s'il n'était pas plié et chiffonné.

— Quand j'étais petite, dit Kay en souriant, chacun de nos repas — je dis bien *chacun* de nos repas — avait l'air d'une nature morte qu'on avait envie d'encadrer. Je la revois, occupée à préparer le petit déjeuner pour quatre. J'étais très petite. Nous étions en Italie, à l'époque, et nous avions un invité. Je ne sais plus qui. Toujours est-il que je me suis impatientée et que je lui ai demandé pourquoi ça durait si longtemps. J'avais faim, moi ! Elle a éclaté de rire et elle m'a dit qu'elle veillait simplement à parfaire la symétrie de la table avant de servir le repas.

— Ouvre ! dit Nancy, qui ne tenait plus en place.

Nathalie posa soigneusement le papier sur le côté et ouvrit la boîte. Un cri de surprise lui échappa.

C'était une petite sculpture de bronze, brillante, parfaitement moulée. Une sculpture abstraite, mais qui contenait la nature tout entière. On aurait pu y voir une mouette au lever du soleil, immobile, la tête inclinée dans le creux d'une aile. Ou bien les épaisses feuilles d'une plante sauvage, au fond de la forêt, au début du printemps, quand les feuillages ne sont pas encore épanouis. Nathalie la fit tourner entre ses mains et le bronze accrocha un rayon de soleil. À la base, Tallie avait gravé sa signature.

Une petite carte blanche était tombée de la boîte. Nathalie la ramassa et lut à haute voix :

« Ma chère Nathalie, j'ai intitulé cette pièce *Naissance* et c'est en pensant à toi, mon homonyme, que je l'ai créée. Qu'elle t'apporte la joie. Que toutes les naissances, tous les commencements, t'apportent la joie. Tallie. »

— Tu sais, dit le Dr Armstrong au bout d'un moment, cela vaut une fortune.

Nathalie caressa de la main les lignes parfaites de la sculpture.

— Et même si cela ne valait pas une fortune, dit-elle, cela vaudrait une fortune.

Elle posa la pièce de bronze sur la table basse, et le soleil qui pénétrait par les fenêtres ouest projeta sur la surface de pin poli une ombre allongée aux formes incurvées.

— Et maintenant, dit Nathalie en souriant à ses parents, j'ouvre le vôtre.

Leur cadeau était emballé dans une boîte assez petite. Nathalie retira le papier et reconnut sur le couvercle de carton le sigle d'un grand magasin et des marques de papier collant sur les côtés...

— Maman, s'écria-t-elle, c'est la boîte dans laquelle se trouvait la cravate que j'ai offerte à Papa pour la fête des pères !

— Eh bien, dit sa mère en riant, ne la jette pas. Le principe du recyclage favorise la protection de l'environnement !

La boîte contenait simplement une mince liasse de papiers attachés par un ruban. Au-dessus du paquet, une feuille de papier à lettres, pliée en quatre. Intriguée, Nathalie la déplia et se mit à la lire. La lettre était tapée à la machine, sur le papier à en-tête de son père :

À notre très chère Nathalie,

Le cadeau que tu trouveras ici, nous te le faisons, ta mère et moi, avec tout notre amour. C'est aussi le cadeau de Nancy, qui nous a persuadés que c'était ce que tu méritais.

Nous te donnons cet été pour partir, comme tu le souhaites, à la recherche de ton passé.

Cette boîte contient tous les documents que nous possédions à ton sujet. Ce n'est pas grand-chose et je crains que cette quête ne s'avère fort difficile et, peut-être, douloureuse.

Comme tu le sais, tu commences à travailler avec moi au cabinet dès lundi prochain. J'ai besoin de ton aide et je crois que de ton côté tu as besoin de cette expérience pour raffermir et refaire en connaissance de cause le choix que tu as fait de la profession médicale. Mais j'ai programmé ton travail pour cet été sur la base d'un horaire de trois jours et demi par semaine : du lundi matin au jeudi midi. Il te restera donc trois jours et demi, chaque semaine, à consacrer à tout ce que tu devras entreprendre.

J'ai ouvert un compte en banque à ton nom et j'y ai placé l'argent nécessaire aux déplacements que tu devras faire. Ton chéquier se trouve dans la boîte.

Tu y trouveras également un trousseau de clés. Ce sont celles d'une voiture que j'ai louée à ton intention pour la durée des vacances.

Tu es mûre, sensible, responsable de tes actes. Nous te souhaitons tout le succès possible au cours des voyages que tu effectueras pendant les trois mois à venir. Mais nous voulons avant tout que tu saches une chose : quoi que tu découvres, cela n'a aucune importance pour nous. Tu es notre fille, notre amie aussi. Nous t'aimons parce que tu es Nathalie, et c'est l'unique chose qui compte à nos yeux.

Ses parents avaient tous deux signé au bas de la lettre. Quand elle arriva à leurs signatures, Nathalie était en larmes. Elle replia la lettre, ôta les rubans qui décoraient ses cheveux et les étreignit tous deux.

— Merci, dit-elle, merci. Et puis, plus bas, elle ajouta : Pardon.

8

Beaucoup plus tard, une fois qu'elle se retrouva toute seule dans sa chambre, Nathalie rouvrit la boîte. Une peur étrange lui serrait le cœur. Elle avait obtenu ce qu'elle voulait. Et cependant, à présent qu'elle tenait entre ses mains les indices qui allaient lui permettre de remonter vers son passé, elle hésitait. « À quoi bon ? lui avait demandé Paul. Le présent suffit. C'est aujourd'hui qui compte. » Peut-être avait-il raison, après tout. La sculpture de Tallie, sur son bureau, se dressait comme le symbole d'un avenir encore voilé — d'une naissance — entouré des lignes simples et ouvertes du présent. Le bronze ne semblait contenir aucun des secrets du passé.

Pourtant, elle voulait ce passé. Même s'il lui faisait peur. Elle se sentait dans le même état d'esprit que lors de son tout premier jour à l'école. Terrifiée, intriguée, elle serrait de toutes ses forces la main de sa mère, cette main ferme qui représentait la sécurité. Ce monde nouveau, qu'elle ne connaissait pas encore, allait-elle l'aimer ? Et lui, allait-il l'aimer, elle ? Finalement, elle avait tout de même lâché la main de sa mère, en lui chuchotant : « Tu peux partir. Ça ira. »

Ce même état d'esprit, elle l'avait encore ressenti le jour où son père l'avait laissée seule dans une chambre d'examen, confrontée à des choses qui la remplissaient de crainte et de douleur.

Elle déplia le premier papier. Tout comme la lettre, il était tapé à la machine sur le papier à en-tête de son père :

À qui de droit,

Ma fille adoptive Nathalie C. Armstrong (*non,* songea Nathalie, tu m'as toujours appelée ta fille, tout court) *entreprend des recherches en vue de retrouver ses parents naturels. Elle le fait avec mon accord et mon plein assentiment, ainsi que ceux de sa mère.*

Je vous serais reconnaissant de bien vouloir l'aider dans ses recherches en lui fournissant tous les renseignements utiles qui seraient en votre possession.

Dr Alden T. ARMSTRONG

Le papier suivant était visiblement plus ancien. Les coins étaient abîmés et déchirés, les bords jaunis. Il était daté du 10 juillet 1960. Deux mois avant ma naissance, se dit Nathalie.

Chose curieuse, l'en-tête de la lettre lui était familier. Harvey, MacPherson & Lyons, Avocats, Branford, Maine. Hal MacPherson était l'avocat de son père. Les MacPherson habitaient deux blocs plus loin, c'étaient des amis de la famille. Elle-même était sortie deux ou trois fois avec leur fils quand il rentrait en vacances. Qu'est-ce que les MacPherson avaient à voir avec sa naissance ? Il était troublant de penser que pendant toutes ces années, peut-être, ils avaient su à son sujet quelque chose qu'elle ignorait. Ce n'était pas juste. Bien sûr, le fait qu'elle était une enfant adoptive n'avait jamais été un secret pour personne. Mais les Mac-

Pherson... Depuis toujours, elle l'appelait affectueusement oncle Hal. Et il en savait plus long sur son passé qu'elle-même ? Pourquoi suis-je en colère ? se demanda Nathalie. Est-ce à cela que Papa faisait allusion lorsqu'il disait que ma quête serait peut-être douloureuse ? Lissant la lettre du plat de la main, elle en commença la lecture.

HARVEY, MACPHERSON & LYONS,
Avocats
30 Bay Street, Branford, Maine

102 Caldwell Avenue
Branford, Maine

Le 10 juillet 1960.

Cher Alden,

Excusez-moi de me mêler de vos affaires personnelles. Mais Pat, ma femme, est assez intime avec Kay et m'a mis au courant des difficultés que vous rencontrez tous deux dans vos contacts avec l'agence officielle d'adoption.

Bien que n'ayons guère eu, jusqu'à présent, de relations personnelles, vous et moi, je connais évidemment votre réputation professionnelle et je suis conscient de tout le bien que vous avez fait à la communauté de Branford depuis que vous y habitez. Je serais heureux de pouvoir vous aider autant que possible à résoudre votre problème d'adoption.

J'ignore si vous connaissez la procédure que l'on désigne sous le nom d'adoption privée. Il s'agit, vous le savez peut-être, des adoptions que l'on arrange sans passer par le canal des agences officielles. Cette façon de procéder comporte certains désavantages : en particulier, on ne bénéficie pas d'un éventail aussi étendu ni de conditions aussi garanties que lorsqu'on s'adresse aux agences.

Par contre, il y a des avantages manifestes dans le cas de couples tels que Kay et vous-même, pour qui la longueur des démarches administratives représente certainement une source de frustration. Si vous le souhaitez, je serais tout disposé à vous rencontrer un de ces jours pour discuter à trois des avantages et des inconvénients de l'adoption privée.

En fait, je vous écris cette lettre parce que, en parlant récemment de différentes affaires avec un confrère du nord de l'État, je viens d'apprendre qu'une famille s'est adressée à cet avocat dans le but de placer un enfant par le moyen d'une adoption privée. L'enfant doit naître prochainement — en automne, je crois. J'ignore totalement quelle importance il faut conférer aux questions de génétique dans ce genre de circonstances. En tant que médecin, vous êtes beaucoup plus qualifié que moi dans la matière. Mais l'avocat dont je vous parle, lui, semble trouver que c'est un élément essentiel et il m'a assuré que le bébé en question est le fruit d'un couple en excellente santé et doué d'une intelligence au-dessus de la moyenne.

Si vous désirez, Kay et vous, que nous poursuivions verbalement cet entretien, téléphonez-moi au bureau quand vous le voudrez. Si, par contre, la chose ne vous intéresse pas, je le comprendrai parfaitement et j'espère que vous ne m'en voudrez pas d'avoir fait en quelque sorte intrusion dans votre vie privée.

Je profite de cette occasion pour vous féliciter pour le brillant exposé que vous avez fait l'autre soir, lors de la réunion du Comité Médico-Juridique de l'Association. C'est du beau travail. La ville de Branford peut s'estimer heureuse de vous compter parmi ses habitants.

Croyez, cher Alden, à mes meilleurs sentiments.

Harold MacPherson

Assise au bord de son lit, Nathalie relut la lettre de bout en bout. Ses mains tremblaient.

L'enfant doit naître prochainement. C'était moi. Il en parle exactement comme il aurait dit : « La nouvelle voiture doit être livrée avec la prochaine cargaison. »

Un couple en excellente santé et doué d'une intelligence au-dessus de la moyenne. Elle eut un petit rire intérieur, sans gaieté. Au moins, cela excluait les Brenda-des-conserveries-de-poisson et autres personnes du même style. C'était toujours ça.

Pourquoi est-ce la seule chose qui me fasse plaisir dans cette lettre ?

Elle se renversa en arrière sur son lit et, les mains croisées sous la nuque, elle contempla le plafond de sa chambre. Il commençait à faire sombre. Les phares des voitures qui passaient dessinaient des formes fugaces qui glissaient, disparaissaient et renaissaient sans cesse.

Parce que tout cela est tellement froid. « Un enfant ». Merde. Si j'avais été conçue par mes parents, ils auraient parlé de moi en disant « notre bébé ». Pas « un enfant ». Ici, la première fois qu'il est question de moi dans la famille, c'est dans une lettre écrite par un avocat — et probablement tapée par sa secrétaire — comme si je n'étais qu'une vulgaire transaction en cours !

Mais, au même moment, d'autres pensaient à moi comme à leur bébé. Tu parles ! Et l'idée de ma naissance leur faisait tellement horreur qu'ils avaient déjà décidé de se débarrasser de moi ! Nathalie regarda de nouveau la lettre. Une famille s'est adressée à cet avocat dans le but de placer un enfant par le moyen d'une adoption privée.

Une image se forma dans l'esprit de Nathalie. Comme une scène de film. Un couple est assis dans le bureau d'un avocat. La femme est enceinte. Je suis née en septembre, calcula-t-elle, et cette lettre a été écrite en juillet. Cela se voyait déjà très fort qu'elle était enceinte, quand elle est allée trouver l'avocat et qu'elle lui a dit... Que lui a-t-elle dit ? « Je viens vous demander conseil pour placer mon enfant par le moyen d'une adoption privée » ? Ou plutôt : « Écoutez, ce gosse, je ne veux pas le garder » ?

Y avait-il un homme auprès d'elle ? La lettre dit « une famille ». Peut-être avaient-ils déjà d'autres enfants. Peut-être que j'avais des frères et des sœurs. Peut-être qu'ils sont allés chez l'avocat en disant : « On n'avait pas l'intention de faire un enfant de plus, mais voilà, il y en a un en route et on ne peut pas se permettre de le garder, ça coûte trop cher. »

L'avortement ne se pratiquait pas couramment, il y a dix-sept ans. Y avaient-ils songé néanmoins ?

Soudain, une autre scène apparut dans l'imagination de Nathalie. Une scène un peu plus agréable. La femme est enceinte, elle est très belle. Elle pleure. Son mari lui tient la main et explique tristement à l'avocat : « Ma femme est atteinte d'une maladie incurable. Il ne lui reste qu'un an à vivre. Je me sens incapable d'élever un enfant tout seul. Nous voudrions que vous trouviez un foyer pour notre enfant. »

Cette version-là était trop romantique, trop farfelue, elle le savait bien. D'ailleurs, la lettre disait : « en excellente santé ». Nathalie ferma les yeux et laissa s'évanouir les images qui lui traversaient l'esprit, pareilles aux phares qui parcouraient fugitivement son plafond. Rien ne vint les remplacer, sinon le vide. Un vide empreint de déception, de tristesse. Et d'une colère qu'elle ne comprenait pas. Finalement, elle s'assit, alluma sa lampe — l'obscurité s'était épaissie — et prit dans la boîte le papier suivant.

PEABODY & GOODWIN, *Avocats*
Simmons' Mills, Maine.

102 Caldwell Avenue
Branford, Maine Le 25 juillet 1960.

Monsieur et Madame Armstrong,

Hal MacPherson m'a fait part de l'intérêt que vous portez à l'enfant pour lequel je suis chargé de trouver une famille d'adoption. Il me dit le plus grand bien de vous en tant que parents adoptifs potentiels et c'est pour moi un grand plaisir de pouvoir vous informer que, au stade actuel où en sont les choses, je ne vois pas quelles pourraient être les objections à l'adoption envisagée.

Permettez-moi de vous donner ici tous les renseignements que je suis en mesure de vous fournir.

L'enfant doit naître au mois de septembre. La famille m'a été recommandée par le Dr Clarence Therrian, médecin généraliste de Simmons' Mills, qui a suivi du point de vue médical toute la grossesse de la mère.

Pour votre protection ainsi que pour celle de l'enfant, le Dr Therrian et moi-même avons effectué des recherches aussi approfondies que possible pour sonder les antécédents de l'enfant. Naturellement, tous les détails spécifiques concernant les parents doivent rester confidentiels. Mais je suis en mesure de vous garantir qu'aucune des deux familles ne présente de maladie héréditaire. L'état de santé des parents ainsi que leur quotient intellectuel sont très nettement supérieurs à la moyenne. La mère est de taille et de corpulence moyennes, elle a les cheveux noirs et les yeux bleus. Le père est grand et élancé, et il a les cheveux et les yeux bruns. Il est exceptionnellement bien coordonné dans ses gestes et possède de nombreux dons athlétiques.

Voilà tout ce que je peux vous dire officiellement. J'ajouterai cependant, officieusement cette fois, que je connais personnellement le père et la mère et que je suis convaincu que la combinaison de leurs caractéristiques respectives ne peut manquer de produire dans le chef de leur enfant un ensemble de qualités peu communes. Et c'est sans la moindre hésitation que je vous recommande ce cas, car il présente véritablement des conditions optimales.

Voici à présent, en résumé, de quelle façon doit se dérouler la procédure d'adoption. D'ici un certain temps — le mois prochain, par exemple — Hal MacPherson vous fera remplir le formulaire de demande d'adoption et il me l'enverra. Ensuite, lorsque l'accouchement aura eu lieu, je ferai signer le deuxième feuillet de ce formulaire par la mère. Après quoi, la demande sera déposée devant le juge compétent. Dans votre cas, étant donné que vous avez déjà été agréés par l'agence officielle, il n'y a pas lieu de craindre qu'il n'accorde pas immédiatement son autorisation.

Le Bureau des Statistiques Démographiques délivrera un certificat de naissance amendé, dans lequel vous serez mentionnés en tant que parents de l'enfant, et le certificat original sera scellé par la cour.

Il me reste à vous rappeler deux éléments importants.

Tout d'abord, la mère reste libre de changer d'avis jusqu'au moment de signer le formulaire. Je ne crois pas que cela risque d'arriver. Mais ce serait une grave négligence de ma part de ne pas attirer votre attention sur ce privilège que la loi lui accorde. Il arrive effectivement que, après la naissance, la mère naturelle se ravise et décide de garder l'enfant.

Deuxièmement, le nom des parents naturels ne vous sera jamais révélé, de même que le vôtre ne leur sera jamais dévoilé. Hal MacPherson ne connaîtra pas le nom des parents et, de son côté, le Dr Therrian ne connaîtra pas le vôtre. Je serai le seul à connaître les noms des deux parties en présence et je suis fermement décidé à ne pas divulguer d'informations à ce sujet.

Si vous prenez une décision positive, je vous saurais gré de bien vouloir vous arranger avec Hal et signer votre partie du formulaire de demande d'adoption, afin qu'il puisse me le faire parvenir en temps utile. D'avance, je me réjouis de pouvoir vous annoncer la naissance dès qu'elle aura lieu, en septembre, et d'ores et déjà je vous envoie mes meilleurs vœux de bonheur.

Veuillez agréer, Monsieur et Madame Armstrong, l'assurance de mes sentiments distingués.

Foster H. GOODWIN

Le dernier papier qui se trouvait au fond de la boîte, sur le chéquier et le trousseau de clés, était un télégramme jaune plié en quatre :

FORMULAIRE SIGNÉ AUTORISANT ADOPTION PETITE FILLE TROIS KILOS QUATRE CENTS BONNE SANTÉ NÉE QUATORZE SEPTEMBRE QUATRE HEURES TRENTE. VEUILLEZ VOUS PRÉSENTER MON BUREAU 43 GRAND-RUE SIMMONS' MILLS DIX-NEUF SEPTEMBRE QUATORZE HEURES. VOUS REMETTRAI VOTRE FILLE. FÉLICITATIONS. FOSTER H. GOODWIN.

Nathalie réalisa qu'elle était en larmes. Et que sa colère s'était envolée. Foster H. Goodwin connaissait mes vrais parents, se dit-elle, et il les aimait bien. Il a beau ne pas le dire, ça se sent. Bien sûr, il parle de « l'enfant » et de « la naissance », et cela me hérisse un peu, mais il ne pouvait pas faire autrement. Et quand je suis née — le QUATORZE SEPTEMBRE QUATRE HEURES TRENTE, se répéta-t-elle en souriant à travers ses pleurs — quand je suis née, il a été excité et heureux pour mes parents. Et il a dit « votre fille » à Papa et Maman.

Après tout, ce ne sera pas si dur que cela. Bien qu'il se dise fermement décidé à ne divulguer aucune information, c'est un homme compréhensif. J'arriverai sûrement à le faire changer d'avis.

Elle fouilla du regard sa bibliothèque jusqu'à ce qu'elle trouve son grand atlas des États-Unis. Un cadeau de Noël de tante Hélène. À l'époque, songea-t-elle avec un sourire, j'aurais mille fois préféré recevoir un nouveau chandail.

La carte du Maine se trouvait à la page 32. Elle orienta la tête réglable de sa lampe de chevet de façon à bien éclairer la page, puis elle se mit à chercher Simmons' Mills. Finalement, elle le découvrit, dans une partie montagneuse au centre nord de l'État. Elle y posa l'index et demeura immobile pendant un long moment. La grandeur du petit rond qui indiquait l'emplacement de Simmons' Mills, au bord de la rivière Penobscot, correspondait d'après la légende aux localités de 1.000 à 2.500 habitants.

— Oh ! dit-elle à haute voix en riant toute seule, je suis née dans une toute petite ville.

Elle suivit d'un doigt la route qu'elle prendrait de Branford à Simmons' Mills. C'était de l'autoroute jusqu'à Bangor, puis, en remontant vers le nord, il fallait prendre des routes de moins en moins larges, de plus en plus sinueuses, on franchissait les montagnes, on longeait la rivière, et on finissait par arriver à la ville qui l'avait vue naître. À la ville où elle trouverait Foster H. Goodwin et, par son intermédiaire, ses vrais parents.

Son regard glissa vers la côte et trouva un minuscule point bleu foncé au milieu de l'étendue bleu clair de Frenchman's Bay : Ox Island.

Pour commencer, se dit joyeusement Nathalie en jetant un coup d'œil à sa sculpture qui était plongée dans l'ombre, dans le coin opposé de sa chambre, je vais aller rendre visite à Tallie. Tallie voit les choses clairement. Avant de me lancer sur cette longue route qui conduit à Simmons' Mills, je ferai bien d'aller faire raboter les arêtes de mes questions par ma sage grand-mère.

9

À voir la carte, la côte du Maine ressemblait au tracé irrégulier des cardiogrammes que Nathalie avait souvent vus dans le bureau de son père. On aurait dit que quelqu'un avait pris un crayon et s'était amusé à dessiner une ligne en zigzags, sans regarder, du New Hampshire au Canada. La ligne ondulait, sans but apparent, formant des péninsules et des promontoires, s'ouvrant aux ports et à chaque petite baie où une rivière aboutissait pour se dévider dans l'océan.

Au volant de sa voiture flambant neuve, Nathalie roulait sur la Route 1 en direction du nord-est et, bien sûr, elle percevait moins clairement le dessin de la côte. Néanmoins, l'océan ne cessait d'apparaître et de disparaître sur sa droite. Elle le voyait s'enrouler autour des petites villes côtières, battre sans relâche les pilotis des docks et des hangars réservés à l'empaquetage des poissons. Il surgissait au détour d'un virage, dans des endroits désolés où l'on ne voyait que des rochers et quelques arbres rabougris par le vent. De temps à autre, il léchait la lisière d'une minuscule plage de sable où de petits enfants jouaient avec leurs seaux et leurs pelles, et puis couraient tremper leurs doigts de pieds dans l'eau glacée avec des cris d'exquise douleur.

Au bout de quatre heures de route — un voyage très agréable et sans mésaventures — Nathalie arriva à Northeast Harbor. La petite baie autour de laquelle le village se pressait en demi-cercle était d'un bleu impressionnant. On croyait voir une carte postale. Des groupes de touristes déambulaient dans la rue principale, la caméra en bandoulière, vêtus de costumes de vacances si neufs qu'on y reconnaissait encore les plis du magasin. À l'embarcadère, elle repéra les bateaux qui effectuaient des excursions d'un jour vers les îles de la baie, et c'est là qu'elle rangea sa petite voiture. Jetant un coup d'œil à ses jeans délavés, elle se réjouit intérieurement de ne pas être affublée d'un de ces pantalons super-élégants ni de ces lunettes de soleil aux montures ornées de strass — et de ne pas être arrivée dans une voiture immatriculée à New York !

Snob, se dit-elle, moqueuse.

Elle enfila les bretelles de son sac à dos, libéra ses cheveux qui étaient coincés sous les courroies et ferma la voiture à clé. Suivant à la lettre les instructions que Tallie lui avait données par téléphone, elle longea les quais et chercha un petit homardier dénommé *L'Aigrette*. Elle ne tarda pas à le trouver, timidement amarré derrière un grand yacht de luxe. Il montait et descendait au gré de l'eau.

Nathalie s'arrêta et fit signe à l'homme qui était installé à bord, les jambes allongées et la pipe à la bouche.

— Sonny ? dit-elle — elle se sentait un peu bête, mais Tallie lui avait bien dit que l'homme qui l'attendrait sur *L'Aigrette* s'appelait Sonny.

— C'est vous qu'allez sur l'île de Tallie ? dit l'autre.

Elle acquiesça en souriant et il lui tendit la main pour l'aider à descendre à bord.

Ce n'était pas l'île de Tallie. Nathalie ignorait à qui appartenait la majeure partie de l'île, mais Tallie n'en possédait même pas deux hectares, alors qu'Ox Island avait trois kilomètres de long et plus de cinq cents mètres de large. Mais c'était bien typique de Tallie, que les gens pensent à l'île comme étant sa propriété.

Tout comme il était typique que ce pêcheur de homards porte sa veste boutonnée jusque sous le menton en plein mois de juin, alors que tous les touristes étaient en manches de chemises et en Tshirts décorés de petits alligators. Sonny, sur son bateau, gelait et avait la chair de poule.

Avant même que *L'Aigrette* ne soit sortie du petit port, la brise se fit plus forte et le froid devint même franchement mordant quand ils s'engagèrent sur l'océan pour atteindre Ox Island.

— Vous connaissez Tallie ? demanda Nathalie. C'est ma grand-mère.

Sonny était à la barre et fonçait vers l'île, attentif à chaque détail de la baie, indifférent aux embruns glacés qui lui fouettaient le visage.

— Ouaip, dit-il.

Nathalie sourit pour elle-même et renonça à converser davantage. Si j'étais Tallie, se dit-elle, je lui ferais débiter de longs paragraphes et, au bout de ces quinze minutes de traversée, je connaîtrais sa vie entière.

Bah ! après tout je ne suis pas Tallie. Personne n'est Tallie — à part Tallie.

Sonny rangea le bateau en douceur, le long du quai pourrissant d'Ox Island. Il marmonna quelques phrases inintelligibles — « y feraient bien de réparer ça d'ici l'hiver, avant que les glaces ne flanquent tout ça en l'air, ça va finir par être dangereux ici. » Quand il eut amarré le bateau, il empoigna la main de Nathalie et l'aida à mettre pied à terre.

— J' viens vous prendre ici dimanche à deux heures, dit-il avec brusquerie. J'vous ramènerai.

— Je vous paierai à ce moment-là ?

— Elle s'en est déjà chargée.

Et, sans plus accorder la moindre attention à Nathalie qui le remerciait, il se retourna vers son moteur.

Tallie n'était pas sur le quai. Nathalie ne s'attendait d'ailleurs pas à ce qu'elle y soit. À en croire la mère de Nathalie, Tallie n'avait jamais été à l'heure nulle part — de sa vie entière.

Elle était chez elle. Nathalie remonta le chemin de terre, poussa la porte — qui n'était jamais fermée — et trouva sa grand-mère à la cuisine, occupée à tourner dans une casserole en chantant à tue-tête et légèrement faux l'air de Madame Butterfly, *Un bel dì vedremo.*

Elle leva les yeux avec surprise.

— Nathalie ! Il est déjà quatre heures ? J'avais l'intention de descendre au quai pour t'accueillir ! Mais il y a un pêcheur qui est passé ce matin et qui m'a fait cadeau d'un merveilleux panier de homards, de coquilles Saint-Jacques et de flétans, alors j'ai décidé de faire de la paëlla. Est-ce que tu as déjà mangé de la paëlla, Nathalie ? Regarde, comme le safran transforme le riz le plus ordinaire en lui donnant cette splendide teinte dorée !... Avec tout ça, j'ai laissé passer l'heure. Tu es absolument ravissante. J'ai toujours pensé que tu avais le type Modigliani, et voilà que tu abondes dans mon sens en te coiffant comme cela, avec tes cheveux qui pendent tout droit... Est-ce que tu as faim ? Tu as assez chaud ? Tu as envie de musique ? Attends, je vais nous mettre un peu de Bach, comme cela tout aura l'air précis et ordonné.

D'un mouvement des épaules, Nathalie se débarrassa de son sac à dos. Elle riait : Tallie ne changerait jamais. Elle serait toujours identique à elle-même. Quoi qu'il arrive, elle resterait toujours indescriptible. Elle se précipita vers elle et l'embrassa, et toutes deux s'étreignirent pendant un long moment.

10

Elles avaient parlé et parlé.

— Nathalie, dit enfin Tallie, tu as beau être certaine de vouloir et de *devoir* faire ces recherches, tu en as peur. Tu as tort d'avoir peur. Tu es de taille à supporter tout ce que tu pourrais découvrir. Dans la vie, il faut tout découvrir. Moi, je ferais exactement comme toi. J'ai passé ma vie à essayer d'élucider le plus de choses possible.

Leur souper achevé, elles étaient installées dans le salon de la minuscule ferme du XVIIIe siècle que possédait Tallie. Cette pièce était l'endroit que Nathalie aimait le plus au monde. Tout le passé y dormait — dans le vieux plancher de sapin, dans les fenêtres à petits carreaux pourvues de volets intérieurs destinés à protéger les habitants contre les assauts des Indiens ou, plus souvent, de la mauvaise bise d'hiver. Mais à ce passé s'ajoutait, en surimpression, le présent. Et la présence de Tallie, dans les murs de plâtre qu'elle avait peints en blanc et auxquels elle avait accroché des peintures abstraites aux couleurs vives. Dans les plantes vertes, en pots suspendus. Le tapis danois à longs poils où se mêlaient des teintes naturelles, dans les gris et les bruns. Les épais cendriers et les bols de terre cuite, sur les tables basses. Les coussins tissés de couleurs chaudes, jetés au hasard sur le divan blanc. Et, partout, les livres. Et la musique. La vie de Tallie était constamment remplie de musique. En ce moment, elle faisait passer un enregistrement de danses russes, rapides et bruyantes, où les battements de mains et de pieds s'ajoutaient aux sonorités brutes et discordantes des mélodies.

Tallie avait servi le thé, sur un plateau. Un thé très noir auquel elle avait mélangé des herbes qu'elle avait elle-même cueillies sur l'île et séchées. Elle le versa, d'une théière ronde, en terre, dans des tasses émaillées aux teintes d'ors profonds. Nathalie soufflait sur son thé, faisant naître de petites rides à la surface, et le goûta du bout de la langue.

— Pourtant, Tallie, dit-elle avec lenteur, Papa et Maman disent qu'ils me comprennent, mais en fait ils ne me comprennent pas vraiment. Ils sont terriblement blessés. Et j'avoue que je ne suis pas certaine de me comprendre moi-même.

— Tu as des pieds incroyablement beaux, Nathalie. Tu devrais toujours marcher pieds nus.

Évidemment qu'ils sont blessés. Quelquefois, on est obligé de blesser les gens, pour rester fidèle à soi-même. Seulement, il faut le faire avec amour.

— Ça me paraît plutôt contradictoire, dit Nathalie.

— Où est-il écrit que les choses ne peuvent jamais se contredire ? Je veux simplement dire que quand on ne peut pas éviter de blesser quelqu'un qu'on aime, il faut le faire honnêtement. Et c'est ce que tu fais. Tu aurais très bien pu entreprendre tes petites recherches sans rien dire, en te cachant. Cela aurait été un peu plus difficile, mais pas impossible. Mais ce n'est pas cela que tu as choisi de faire. Tu leur as dit en face quelles étaient tes intentions. Et cela leur a fait mal, mais au moins ils savent que tu les aimes.

— Je parie que toi tu n'as jamais blessé personne, Tallie.

Tallie éclata de rire et se pencha vers la théière pour se resservir de thé. Ses bagues brillaient dans la douce lumière et faisaient de petits bruits en cognant la poterie.

— Comment crois-tu que j'ai appris ? dit-elle. Bien sûr que j'ai blessé des gens ! Par exemple, quand j'ai abandonné mon premier mari pour m'en aller avec ton grand-père. Tu as l'air stupéfaite, Nathalie. Ta mère ne t'a jamais raconté cela ?

Nathalie secoua la tête.

— Eh bien, c'est la vérité. J'ai vécu dans le péché pendant un bon bout de temps, jusqu'à ce que mon premier mari demande le divorce pour cause d'adultère. En fait, poursuivit Tallie en buvant à petites gorgées, on vivait en Italie. Elle gloussa. Techniquement, j'étais dans le péché — du moins, d'après ma famille et les journaux de New-York — mais géographiquement j'étais en Italie. Et c'était le côté géographique qui paraissait le plus important, parce qu'au début je ne parlais pas un mot de la langue ! Tiens, au fond, je me demande s'il existe une langue spéciale pour les gens qui vivent dans le péché.

Le disque s'acheva. Un calme profond envahit la vieille ferme. Un pâle papillon de nuit s'approcha de la flamme de la bougie, sous le regard vaguement amusé des deux femmes. Les ailes translucides voletaient de plus en plus près du danger qui les guettait. Prestement, Tallie saisit le papillon d'une main légère et, ouvrant la fenêtre derrière elle, elle le relâcha dans la nuit.

— Ils sont tellement fragiles, dit-elle. J'espère que je ne lui ai pas abîmé les ailes. Parfois, on fait tout ce qu'on peut pour sauver quelque chose et c'est le sauvetage lui-même qui fait des dégâts. Elle soupira. C'est exactement ce que nous étions en train de dire. J'ai voulu me sauver et j'ai fait souffrir des gens. Peut-être que le cas était un peu extrême. Mais j'avais vingt ans et j'étais follement amoureuse de l'homme le plus extraordinaire que j'eusse jamais rencontré — je n'en ai *jamais* rencontré de plus extraordinaire depuis. Or, j'étais mariée avec un autre. Que fallait-il faire ? Rester à New York jusqu'à la fin de mes jours en digne épouse de mon digne agent de change, qui rentrait soigneusement la veste de son pyjama dans son pantalon de pyjama et donnait exactement quatre coups de remontoir à sa montre chaque soir avant de se coucher ?

Nathalie pouffa.

— Ou bien m'enfuir à Florence en compagnie d'un peintre véritablement merveilleux ? Est-ce que je t'ai raconté comment j'ai fait la connaissance de Stéfan, Nathalie ? Il s'est approché de ma table, dans un restaurant de New York et il m'a dit : J'ai envie de vous peindre. Cela a l'air parfaitement banal. Mais chez Stéfan rien n'était banal. Oh ! Nathalie, c'était tellement enthousiasmant ! Et tellement douloureux.

« Mais quand on sait qu'on doit faire quelque chose, on n'a pas le choix. Et on fait mal aux gens. On peut adoucir la blessure au maximum, en disant : Tout ceci est de ma faute à moi, tu n'y es pour rien. Je vois ton visage qui s'éclaire. Tu leur as dit la même chose, toi aussi ?

— À peu près, dit Nathalie en acquiesçant.

— Cela marche. On arrive à survivre à sa souffrance, et cela marche. Dans mon cas, j'ai connu un bonheur inouï. Et mon premier mari s'est remarié avec une femme qui lui convenait parfaitement et qui donna des dîners très élégants en utilisant le service de procelaine qu'il avait hérité de sa mère. Elle grimaça. Tu aurais dû voir ce service, Nathalie, il était hideux. Avec des grands oiseaux de paradis verts au milieu de chaque assiette, tu vois le genre ? Eh bien, ils ont été très heureux. Et il a eu une annonce nécrologique de trente centimètres de long dans le *New York Times,* ce qui lui aurait sûrement fait grand plaisir. Et il n'y était mentionné nulle part qu'un jour il avait juré de se jeter par la fenêtre parce que je m'en allais. C'est pourtant ce qu'il m'avait dit, pendant que j'étais occupée à emballer mes affaires. Et moi, je n'arrivais à penser qu'à une seule chose — tout en sachant qu'il ne mettrait jamais ses menaces à exécution — c'est qu'il avait toujours eu horreur de ce qui était malpropre.

Nathalie but une gorgée de thé et sourit.

— Mais Papa et Maman n'en sont pas à ce point-là.

— Bien sûr. Tes parents sont des gens sensés. Je suis ridicule de vouloir repêcher mon propre passé de dingue pour te le donner en exemple. Ils s'en sortiront, et toi aussi. Et tu retrouveras ton passé. Si tu l'aimes, garde-le. Sinon, laisse tomber et n'y pense plus.

Nathalie se blottit dans le coin large du divan, au fond de la masse de coussins multicolores.

— Ta mère faisait cela quand elle était petite. Elle se blottissait dans les coins. Sans doute parce que Stéfan et moi nous l'emmenions constamment à des endroits où nous finissions par rester beaucoup plus longtemps que prévu. Des jours entiers, parfois. Pauvre Katherine, nous la retrouvions profondément endormie dans un petit coin. Quelquefois, je me dis que j'ai été une mauvaise mère.

Tallie enfonça une longue cigarette dans un fume-cigarette encore plus long et se pencha pour l'allumer à la flamme de la bougie qui brûlait toujours dans son bougeoir trapu, sur la table.

— Absolument pas, Tallie ! s'écria Nathalie. J'en suis certaine ! Maman nous raconte des souvenirs merveilleux de son enfance.

Tallie sourit.

— C'est bon de t'avoir ici, Nathalie. Ma petite-fille Modigliani. Est-ce que je parais vieille, à ton avis ?

Son visage était ridé et ses cheveux grisonnaient, mais ses yeux sombres flamboyaient, sa bouche et ses mains étaient vivantes et expressives. Et son corps était mince et menu.

— Non, dit Nathalie avec sincérité. Je trouve même que tu n'as pas l'air assez vieille pour être une grand-mère.

— Bigre, dit Tallie en riant. Je suppose que je devrais te remercier. Et pourtant je meurs d'envie d'être une vieille femme fascinante. L'année prochaine, peut-être.

Elle rassembla les tasses et la théière et emporta le tout à la cuisine.

— Allons nous coucher, à présent, dit-elle, pour pouvoir nous lever tôt demain matin et partir pique-niquer pendant toute la journée. Je veux t'emmener voir ma crique favorite. Que dirais-tu d'un plongeon dans l'eau glacée, en compagnie d'une vieille amie ?

— Je suis prête à tout essayer, répondit gaiement Nathalie. Et elle monta l'escalier en portant son sac à dos.

11

— Quel dommage de devoir repartir, dit tristement Nathalie en descendant vers l'embarcadère aux côtés de sa grand-mère, le dimanche après-midi.

— Ne pars pas, alors. Nous cueillerons des fraises des bois et nous ferons des confitures.

Nathalie poussa un soupir.

— Il faut que je travaille, demain. Papa a besoin de moi. Et le week-end prochain ...

— Tu vas aller à... Comment s'appelait cette ville, déjà ?

— Simmons' Mills.

— C'est ça. Simmons' Mills. Tu trouveras là-bas des choses qui t'étonneront, Nathalie. Cela ne te fait pas peur, n'est-ce pas ?

Nathalie eut un rire un peu hésitant.

— Non, répondit-elle néanmoins. Je pense que ce ne seront finalement que des choses très ordinaires. Il n'y aura sans doute pas de quoi avoir peur.

Toujours boutonné jusqu'au cou dans sa veste raide de sel, Sonny l'aida à embarquer. Elle leva la main et serra celle de Tallie pendant quelques secondes. Puis Sonny fit s'emballer le moteur et le petit bateau commença à s'éloigner du quai.

Tallie serrait frileusement les bras autour d'elle pour se protéger contre la brise froide qui soufflait, arrachant des paquets d'écume aux eaux sombres et turbulentes de la baie. Nathalie regarda sa grand-mère devenir de plus en plus petite à mesure que *L'Aigrette* prenait de la distance. Bientôt, Tallie ne fut plus qu'une petite tache au bord du quai, puis elle disparut tout à fait. Une légère brume grise montait et effaçait les limites de l'eau, de la terre et du ciel.

Nathalie tâta les contours de son sac à dos pour s'assurer que la petite boîte que Tallie lui avait donnée était toujours là. « Ouvre-la plus tard, avait dit Tallie, quand tu seras seule et que tu auras le temps. Je ne sais pas si ce sera une aide ou non. Mais cela ajoutera une autre dimension à ta recherche. En art, il est essentiel de trouver toutes les dimensions, même si par la suite on décide d'en écarter l'une ou l'autre. »

12

— Maman, dit Nathalie le mardi suivant, pourquoi ne m'as-tu jamais dit que Tallie avait été mariée une première fois ?

Nathalie venait de rentrer épuisée de sa journée de travail et, pieds nus, elle s'était assise à la cuisine pour souffler un peu, tandis que sa mère tournait une sauce de spaghetti. Kay remit le couvercle sur le lourd poêlon de fonte et se tourna vers sa fille, stupéfaite, comme prise de court.

— Nat, tu ne vas pas me croire. Si j'étais toi, je sais que je ne le croirais pas, mais j'ai tout simplement oublié.

— Tu avais raison. Je ne te crois pas.

— Mais c'est vrai. Évidemment, c'est Stéfan Chandler qui était mon père. Quel homme incroyable ! J'aurais tant aimé que vous le connaissiez, toutes les deux. Bien sûr, Tallie, ma mère, m'a dit qu'elle avait été mariée avant. Je ne crois pas qu'elle m'ait jamais donné de détails à ce propos. Cela n'avait pas d'importance. Stéfan et elle étaient tellement... Comment dire ? Ils formaient un couple tellement harmonieux, on avait l'impression qu'ils étaient ensemble depuis toujours. Ils *s'adoraient.* Moi aussi, ils m'ont adorée quand je suis arrivée, ils m'ont fait participer à tout ce qu'ils possédaient.

— Et tu ne te souvenais vraiment pas qu'elle avait eu un premier mari ?

— Vraiment pas. Jusqu'à ce que tu en parles. Mais maintenant je me rappelle qu'un jour elle m'a montré son annonce nécrologique, qu'elle avait découpée dans un journal.

— Et qui avait trente centimètres de long.

— Il faut être Tallie pour arriver à rendre obscène une annonce nécrologique ! Kay Armstrong s'assit à la table de la cuisine et sourit. Que t'a-t-elle dit d'autre ?

— Qu'elle était une très mauvaise mère et que tu te blottissais dans les coins pour dormir, parce qu'elle oubliait de te mettre au lit.

— Oui, je m'en souviens, dit Kay en riant tendrement. Stéfan et elle m'emmenaient partout avec eux. Ils étaient toujours entourés d'une foule de gens — n'est-il pas étrange, d'ailleurs, qu'elle aime tant la solitude depuis qu'il est mort ? — et tout le monde discutait, chantait, dansait, argumentait. Au bout d'un certain temps, je me dénichais une petite place confortable et je m'y blottissais, exactement comme elle te l'a dit.

« Par contre, elle n'était pas du tout une mauvaise mère. Elle était la mère la plus merveilleuse qui soit. Est-ce qu'elle t'a raconté combien elle a été blessée quand je me suis mariée ?

— Quoi ? Non, elle ne m'en a pas du tout parlé. Papa ne lui plaisait pas ?

— Maintenant, elle l'aime bien. Mais au début... Je pense que c'est parce qu'il était tellement différent de Stéfan. Et Stéfan n'était mort que depuis un an. Elle espérait sans doute que je perpétuerais ce bonheur merveilleux et complètement fou qu'elle avait connu, en épousant quelqu'un qui aurait été une réplique exacte de mon père. Et nous aurions de nouveau été heureux à trois.

— Est-ce que cela t'a beaucoup coûté de la décevoir ?

Sa mère réfléchit.

— Non, pas tellement. C'est curieux. À l'époque, j'étais déjà tout à fait adulte et je savais que ses désirs à elle n'étaient pas les mêmes que les miens. Et je le lui ai dit. Nous sommes toujours restées très franches l'une vis-à-vis de l'autre. Elle a compris. Et au bout d'un certain temps, tout était arrangé. Elle ne t'a rien dit de tout cela ?

— Au fond, si. Je suppose que c'était en partie de cela qu'elle me parlait.

13

Tallie lui avait recommandé d'attendre d'être seule et d'avoir le temps. Deux conditions bien difficiles à remplir. Son travail au cabinet lui prenait chaque jour de longues heures. Il lui arrivait fréquemment de prolonger au-delà de l'heure du dîner, quand il y avait des patients qui attendaient. Quand elle rentrait chez elle, le soir, elle se sentait saturée, le cœur gonflé de la souffrance des autres et l'âme pleine, en même temps, de la stimulation que représentait le travail aux côtés de son père, dont elle observait l'art de guérir, juste mélange de science et d'intuition.

Elle voyait Paul presque tous les soirs. Il travaillait dans un chantier — l'argent qu'il y gagnait lui viendrait bien à point pendant ses études à Yale. Le soir, il venait chez elle, brisé de fatigue, et ils passaient la soirée sur la véranda à papoter en sirotant du thé glacé. Quelquefois, elle remarquait avec tristesse qu'ils étaient déjà entrés dans deux univers différents. Le monde de Paul était un monde de soleil et de sueur, un monde d'hommes. Quand elle lui demandait ce qu'il avait fait pendant la journée, il lui parlait des hommes avec lesquels il travaillait, de gens qu'elle ne connaissait pas. Leurs seuls sujets de conversation pendant le travail étaient les émissions de TV et les femmes, racontait-il avec amusement. Ils lui avaient demandé de se joindre à leur équipe de bowling et d'aller passer un week-end à Boston avec eux à l'occasion d'un match des Red Sox.

L'école semblait déjà appartenir à un passé terriblement lointain, et pourtant trois semaines à peine s'étaient écoulées depuis la remise des diplômes dans la salle de gymnastique. Trois semaines plus tôt, ils en étaient encore à se chuchoter les uns aux autres de vieilles blagues usées sur les professeurs et sur les frasques commises dans l'école. Paul était impressionné, lui aussi, par la rapidité de cette transition. Deux de leurs camarades étaient déjà entrés à la Marine, une autre était mariée. Le petit journal local avait publié sa photo, le dimanche précédent, un voile blanc sur la tête, un timide sourire aux lèvres, un bouquet d'œillets à la main. Quatre semaines auparavant, la même fille avait été convoquée dans le bureau du directeur où elle avait subi une sévère remontrance pour avoir été surprise en train de fumer dans les toilettes. Et maintenant, elle allait s'installer dans un appartement rempli de meubles assortis achetés par ensembles dans un grand magasin. Elle allait rejoindre le troupeau des autres ménagères faisant leurs courses au supermarché, le matin, découpant soigneusement les bons dans le journal et rêvassant dans le vague au lavoir automatique en attendant que la lessive de la semaine ait fini de flotter dans le séchoir comme un collage animé.

Un autre garçon de l'école, qu'ils ne connaissaient qu'à peine, s'était tué deux jours après la remise des diplômes, en fonçant en voiture contre un arbre, à minuit, au retour d'une party. La Promotion 1977 que l'on avait alignée par ordre de taille, dans leurs toges marron louées pour l'occasion, faisait déjà partie de l'Histoire. « Qu'est devenu Un Tel ? » demanderait-on bientôt. Et, la plupart du temps, les réponses seraient inattendues. Le « Clown de la Classe » serait entré dans l'affaire de son père et vendrait des pneus à carcasse radiale. Les « Amoureux du Siècle », qui avaient été photographiés pour l'annuaire dans une pose sottement romantique, étaient partis chacun de leur côté, elle vers une école d'esthéticiennes à Portland et lui vers un institut d'aéronautique dans le New Hampshire. L'« Intellectuelle » de la classe — Gretchen — travaillait dans un camp de vacances dans le Vermont.

Nathalie avait reçu une courte lettre de Gretchen, remplie de remarques désopilantes sur les techniques artisanales — vannerie et ce qu'elle appelait le tissage ondulé — qu'elle enseignait aux enfants de familles riches. À part cela, elle racontait que Soljénitsyne, exilé de Russie, vivait à une quinzaine de kilomètres de là. Un jour qu'elle avait congé, elle était allée se promener le long du jardin qui entourait sa maison et elle avait eu l'envie fantasque de crier par-dessus la clôture : « Je vous aime. »

— Regarde-nous, dit Nathalie à Paul en riant. « La Fille la Plus Équilibrée » et « Le Garçon qui a le Plus de Chances de Réussir ». Nous sommes tellement paresseux que nous ne sommes plus capables que d'une chose : nous affaler dans ce fauteuil-balançoire et nous pousser du bout du pied pour qu'il se balance.

— Et nous tenir la main, ajouta Paul en serrant affectueusement la main de Nathalie. Personne n'a jamais dit que je devais réussir *immédiatement,* et toi tu es sans aucun doute la teneuse de main la plus équilibrée que je connaisse.

— Bah ! après tout, nous inventerons la poudre un autre jour. Pour le moment, c'est bien agréable de paresser.

— Tu veux qu'on aille au cinéma vendredi soir ?

Nathalie secoue la tête.

— Je pars jeudi, dit-elle. Je vais à Simmons' Mills.

— Franchement, soupira Paul, je trouve que tu es dingue, Nat. Tu vas aller dans ce patelin pour parler à cet avocat — quel était son nom, déjà ?

— Foster H. Goodwin.

— Tu vas aller parler à Foster H. Goodwin et tâcher de le persuader de te révéler qui sont tes vrais parents. Et après, quoi ? Tu vas aller frapper à leur porte ? Je vois ça d'ici. Ils vivent bien paisiblement dans une petite maison de province, avec cinq enfants et un basset. Tout à coup, qui voilà ? Nathalie Armstrong. Toc ! toc ! toc ! Salut ! Vous vous souvenez de moi ? Qu'est-ce que tu fais à ce moment-là ?

Nathalie lui fit une grimace.

— Voyons, Paul, dit-elle, j'ai tout de même un minimum de bon sens. Je ne sais pas encore exactement ce que je ferai, mais en tout cas je ne vais pas aller me présenter chez eux sans crier gare. Je commencerai peut-être par leur écrire.

— Et ils ne répondront pas à ta lettre.

— Bien sûr que si. Ce sont probablement des gens très sympathiques. Nous dînerons peut-être ensemble, ou quelque chose comme ça. Ils me parleront de ce qui s'est passé il y a dix-sept ans. On discutera. Je pourrai me rendre compte de ce qu'ils ont dans le ventre. Et ils verront aussi ce que moi j'ai dans le ventre. Et nous deviendrons amis. Cela n'aura rien de terriblement embarrassant, ça se passera tout simplement.

— Et puis vous échangerez des cartes de vœux pendant les trente années à venir.

Nathalie éclata de rire.

— Je t'ai dit qu'on deviendrait *amis.* Et on cessera enfin de se poser des questions.

— Il ne t'est pas venu à l'esprit qu'ils ne s'en sont peut-être jamais posé à ton sujet ?

— Impossible, répliqua fermement Nathalie.

— Tu es incroyable, dit Paul, j'espère que tu ne te trompes pas, Nat. Je l'espère pour toi. Mais n'empêche que je te rebaptise « La Folle la Plus Équilibrée qui soit ».

D'une poussée plus violente, il donna une forte impulsion à la balançoire, comme ils faisaient quand ils étaient petits et qu'ils s'amusaient à se faire peur en se faisant croire qu'ils allaient tomber. Elle serra vivement sa main.

14

Ce soir-là, après le départ de Paul, Nathalie ouvrit la petite boîte que Tallie lui avait donnée.

Si j'étais Nancy, songea-t-elle tout en détachant le papier collant qui scellait les côtés de la boîte, j'aurais ouvert le paquet dès que j'aurais abordé sur la terre ferme en face d'Ox Island. Nancy se jette à l'eau. Moi, je ne peux avancer que pouce par pouce, péniblement.

Pour moi, les meilleurs moments sont parfois ceux où l'on attend, où l'on se demande ce qui va venir. Peut-être est-ce la raison pour laquelle je suis un peu refroidie vis-à-vis de Paul, alors que certaines de mes amies se sentent engagées à fond. J'aime être dans l'expectative.

Elle souleva le couvercle de la boîte et découvrit des lettres écrites de la main de sa mère. Elle sourit. La petite écriture verticale de Kay Armstrong n'avait pas changé, et pourtant ces lettres remontaient à de nombreuses années. Il n'y en avait que quelques-unes. Tallie les avait triées, comme elle le lui avait expliqué, pour ne sélectionner que celles qui ajouteraient à sa quête la dimension nécessaire. Nathalie imagina sa grand-mère passant en revue toute sa correspondance avec sa fille, relisant rapidement chaque lettre, la tête un peu penchée, comme un oiseau, et faisant son choix de la même façon que Nathalie l'avait vue peindre, à grands traits larges mais réfléchis et définitifs.

La première lettre datait du mois de mars 1960.

Ma chère Tallie,

Quand donc vas-tu te décider à t'arracher à Boston, ne fût-ce qu'un week-end pour venir nous voir dans le Maine ? La maison est très spacieuse et nous y avons réservé une chambre pour toi. Je l'ai peinte en blanc, j'ai pendu des plantes aux fenêtres et j'ai mis sur le lit un ravissant édredon en patchwork, dans tous les tons de vert et de bleu que tu aimes.

Alden va bien, il est terriblement occupé. On a tellement besoin de lui par ici.

Je me suis déjà fait quelques amis. Il y a beaucoup de gens bien à Branford. Et, pour une aussi petite ville, elle offre pas mal de distractions, même pour quelqu'un comme moi qui n'aime ni les cocktails ni les groupes de bridge.

Alden m'a fait examiner par un gynécologue de Portland et les résultats sont décevants. Il m'a fait subir les mêmes tests qu'à Boston et il est arrivé aux mêmes conclusions. « C'est fort peu probable, Mme Armstrong » et « Avez-vous déjà envisagé la solution de l'adoption, Mme Armstrong ? », etc. — ils ont tous les mêmes phrases à la bouche.

En fait nous sommes effectivement allés nous inscrire dans une agence d'adoption — mais ces gens-là sont aussi déprimants à écouter que les médecins. Tu devrais voir, Tallie, la paperasserie que cela représente ! Vraiment, ils semblent oublier qu'il s'agit d'êtres humains. De bébés ! *Ils en parlent en disant « nos placements ». « Nos placements connaissent un pourcentage extrêmement élevé de réussite ». Misère ! Je m'en fiche, moi, de leurs placements et de leurs pourcentages. Je veux un bébé, c'est tout. Alden, lui, est beaucoup plus patient. Il comprend mieux toutes ces absurdités administratives et je suis sûre qu'il leur fait bonne impression. Mais quand ils me regardent moi, ils se grattent le menton et je parie qu'ils se disent : « Mmmmmouais... Est-ce qu'un de nos placements pourrait réussir avec cette folle qui vient se présenter en jeans ? »*

Évidemment, ils ont fait la grimace — une grimace distinguée, bien entendu — quand il a été question de mes antécédents familiaux. Il s'avère que mes études correspondent à ce qu'ils appellent « non conventionnel ». Je ne comprends pas pourquoi ! J'ai toujours trouvé extraordinaire d'avoir un va-et-vient de précepteurs en Grèce, en France, au Mexique et en Espagne ! Surtout quand ils s'en allaient et nous laissaient à trois — nous souffrions ensemble sur mes livres scolaires et nous finissions même parfois par tout laisser tomber. Tu te rappelles l'autodafé que Stéfan a fait de mon livre d'algèbre, quand on s'est rendu compte qu'aucun de nous trois n'arrivait à comprendre le chapitre cinq ?

Flûte. Pour rien au monde je ne voudrais changer de passé, mais il paraît que cela rend un « placement » difficile. En attendant, j'ai gardé une petite chambre tout à fait vide, dans l'expectative. Je n'ai pas abandonné tout espoir, loin de là.

Mais je voudrais tant avoir un enfant. Et de préférence une fille, j'avoue. Je rêve tout éveillée, je me vois la portant dans les bras, lui chantant les chansons que tu me chantais quand j'étais petite. (Faux, pour dire la vérité.)

Viens vite nous voir. Nous boirons du thé au coin du feu et nous bavarderons pendant des heures.

Je t'embrasse,

KAY

Le 10 juin 1960.

Ma chère Tallie,

N'est-ce pas merveilleux que nous habitions à présent sur la route qui va de Boston à Ox Island ? Comme cela, tu n'as pas pu ne pas nous rendre visite en chemin.

J'ai été enchantée de t'avoir ici, et Alden aussi. Il me faudra au moins une semaine pour récupérer tout le sommeil perdu, mais j'avais grand besoin de quelqu'un — et de toi, surtout — avec qui parler des soirées entières.

Non, il n'y a pas de nouvelles de l'agence. Nous avons été officiellement acceptés (ne me demande pas ce que ça veut dire !). À voir la façon dont la bonne femme me regarde, je les soupçonne d'avoir posé le cachet « TRÈS SUSPECT » sur notre dossier, mais ils disent que nous sommes en ordre en ce qui concerne les différentes démarches, inspections et enquêtes auxquelles il faut se soumettre.

Mais il apparaît que cela ne veut encore rien dire ! Nous sommes acceptés, soit, mais maintenant ils nous parlent, en baissant le ton, d'une LISTE D'ATTENTE. J'ai l'impression qu'il y a une TRÈS LONGUE LISTE D'ATTENTE.

Je vais peut-être reconvertir la petite chambre en quelque chose d'utile. J'en ferai une chambre à couture, par exemple, ou un endroit où cultiver mes plantes d'intérieur. Et j'essayerai d'oublier que je rêvais d'y accrocher de jolies images aux murs et d'y entrer le soir pour y voir un bébé endormi.

Merde, merde, Tallie ! Vraiment, je tâche de ne pas dramatiser les choses, mais j'ai tellement envie d'un bébé... Tu te rappelles, quand nous nous sommes mariés, j'ai dit que nous en aurions un tout de suite, et puis un nouveau chaque année, jusqu'à ce que la maison soit remplie ? Maintenant, nous avons une maison remplie de vide, et je suis tellement triste. Alden est terriblement bon, il dit toujours : « Attends, attends », il a une patience d'ange. Mais comment fait-on pour attendre indéfiniment quelque chose dont on a tellement envie ?

Excuse-moi de pleurnicher. Tu me comprendras.

Je t'embrasse,

KAY

Le 12 juillet 1960.

Ma chère Tallie,

Je ne sais par quel bout commencer cette lettre. Je suis assise toute seule dans ma cuisine, et je souris béatement, toute seule, en buvant mon thé. Toi aussi, verse-toi une tasse de thé avant de lire cette lettre et souris avec moi.

Un avocat, que nous ne connaissons pas encore très bien, a dit à Alden qu'il nous serait peut-être possible d'adopter un bébé de façon privée. Et il ne s'agit pas simplement d'un quelconque bébé, celui-ci est en train de se faire, il existe déjà ! Il doit naître en automne !

Depuis lors, je n'en dors plus. Alden, comme d'habitude, est beaucoup plus circonspect que moi, il pèse soigneusement le pour et le contre, comme il dit... mais je suis pratiquement certaine qu'au fond notre décision est déjà prise. Il en a envie tout autant que moi. Et puis, d'après ce qu'on nous a dit, ce ne serait pas une adoption clandestine, tout se passerait dans les formes légales, etc. La seule différence, c'est que nous n'aurions pas à subir cette interminable période d'attente que l'agence nous a promise.

Est-ce que tu te rappelles l'état d'esprit dans lequel tu étais quand tu m'attendais ? Eh bien, je me sens exactement comme si j'étais moi-même enceinte. Je suis tellement excitée... et angoissée en même temps. Je me demande si le bébé n'aura pas un accouchement trop difficile, s'il sera bien fait et en bonne santé. Je n'arrive pas à fermer l'œil, la nuit, je pense à toutes les choses que j'attends depuis si longtemps... Pouvoir porter mon enfant à moi, lui apprendre des tas de choses... Je pense même à lui tricoter de petites brassières, moi qui suis pourtant si peu douée pour cela !

Je dis « le bébé » et « mon enfant » parce que je ne veux pas tenter le sort, mais au fond de moi je suis presque certaine que ce sera une fille. Alden, comme d'habitude, fait semblant de ne pas être le jouet de ce genre de caprices ou d'émotions, il cite des statistiques pour m'expliquer qu'il y a autant de chances — ou même plus, en fait — que ce soit un garçon. Et voilà qu'hier soir, pendant le dîner, il m'a tout à coup souri et il m'a dit : « Si nous lui donnions le nom de Tallie ? »

Cela te plaira-t-il d'être grand-mère ? Oh, comme j'aimerais que Stéfan soit encore là pour partager tout cela avec nous !

Je t'embrasse,

KAY

Le 29 août 1960.

Ma chère Tallie,

Merci, merci beaucoup pour la merveilleuse surprise ! Quand le colis est arrivé, je me suis demandé ce que cela pouvait être, sachant qu'il n'y a pas de magasins sur l'île et sachant que tu ne quitterais jamais l'île pour aller faire des achats, même pas pour la naissance imminente d'un petit-enfant !

J'ouvre, et c'est toute mon enfance que je trouve soigneusement emballée dans la boîte ! Mon livre de contes de fées en français, je me rappelle que tu me le lisais... Où habitions-nous, à l'époque ? J'étais toute petite. Je revois la cheminée, des bols bleus sur une table, et tu avais des boucles d'oreilles en or que j'essayais toujours d'attraper quand j'étais sur tes genoux. Mais je ne sais plus où c'était.

Et puis ces dessins si drôles que Stéfan me dessinait. Je ne me doutais pas que tu les avais conservés ! Je vais les faire encadrer pour décorer la chambre du bébé. Il y en a qui sont franchement indécents d'après les critères en vigueur à Branford, Maine... Le petit Chaperon Rouge tout nu, par exemple... Rends-toi compte ! Je me rappelle que celui-là m'avait fait rire aux larmes. Heureusement que la bonne femme de l'agence ne doit plus passer par ici pour enquêter sur notre moralité !

Quelle joie ce sera de partager tout cela avec mon enfant ! Oh, Tallie, que c'est dur d'attendre ! Je suis en train de tricoter la plus affreuse des brassières. Les manches ne sont pas de la même longueur, et pourtant — à deux *reprises déjà — j'en ai défait une et recommencé. Cela m'occupe et cela fait passer le temps.*

Je t'embrasse,

KAY

NATHALIE CHANDLER ARMSTRONG NÉE HIER BONNE SANTÉ STOP ALDEN ET MOI ALLONS LA CHERCHER DANS QUATRE JOURS STOP QUEL BONHEUR TALLIE STOP KAY

Le 20 septembre 1960.

Ma chère Tallie,

Il y a tant et tant à raconter que je ne sais par où commencer — je crois que j'en garderai une bonne part pour quand tu viendras. Quand tu auras fermé ta maison d'Ox Island, prévois de passer plusieurs jours ici avant de continuer vers Boston, d'accord ?

Elle est tellement belle que, quand je l'ai vue, je me suis mise à pleurer.

Elle a les cheveux très foncés, les cils très longs. Ses traits sont délicats. En ce moment... elle dort ici à côté de moi, dans la cuisine. Elle ressemble tout à fait à l'image de la Belle au Bois Dormant, à la page 16 du livre que tu m'as donné. Tu te rappelles cette image, où la princesse attend que le Prince Charmant vienne la réveiller d'un baiser ? À une certaine époque, je me moquais de cela, je trouvais cette histoire abominablement romanticarde. Mais maintenant, je contemple ce merveilleux enfant qui dort et je me rends compte qu'un monde entier peut s'ouvrir si, en s'éveillant, on est accueilli par l'amour.

Elle ne ressemble à aucun de nous deux, ni à Alden ni à moi, et j'en suis heureuse. Elle aura sa personnalité bien à elle. Quel bonheur ce sera d'assister à l'éclosion de cette personnalité !

Je t'embrasse,

KAY

Nathalie posa les lettres et ferma les yeux. Elle se souvenait de ce livre de contes de fées. Sa mère le lui lisait en français et c'était pour elle une langue étrange, musicale. Le sens des histoires n'était intelligible que grâce aux images, mais le son de ces mots qu'elle ne comprenait pas ajoutait aux contes un goût de mystère qu'elle adorait. Le livre devait se trouver rangé quelque part, sans doute, et il resservirait pour ses enfants et ceux de Nancy.

Les dessins à la plume que Stéfan avait faits pour elle pendaient toujours au mur de sa chambre. Quel diable d'homme ce devait être que Stéfan ! Le soir — sa mère le lui avait souvent raconté — il s'asseyait avec elle à la table de la cuisine et il lui racontait les histoires que tous les enfants connaissent, en les illustrant au fur et à mesure. De la pointe de sa plume, il traçait des dessins merveilleux, précis, et les contes éternels semblaient réinventés du même coup. Il y avait, entre autres, le petit Chaperon Rouge que sa mère avait mentionné dans sa lettre. La petite héroïne marchait au milieu d'une épaisse forêt d'arbres presque tropicaux, luxuriants, chargés de fleurs bizarres. Cette forêt grouillait de serpents et de créatures étranges à demi dissimulées dans l'écheveau touffu du feuillage. Le petit Chaperon Rouge était tout nu, d'une innocente nudité d'enfant. Elle marchait pieds nus sur le sentier, sa cape flottant autour d'elle, et elle levait vers les lourdes frondaisons qui l'entouraient un regard candide et confiant. Il y avait à la fois de l'humour et de la chaleur dans ce dessin — mais il y avait aussi la peur.

Cela m'apporte réellement une autre dimension, songea Nathalie en se préparant à se coucher. J'ai toujours su combien mes parents m'avaient désirée. Ils me le disaient souvent, quand j'étais petite. C'était leur façon de m'expliquer mon adoption. Mais le fait de lire ces lettres me la fait voir différemment. Et c'est la première fois que ma mère m'apparaît en tant que jeune fille...

Cela explique qu'ils aient été blessés. Cela ne change rien à ma décision — mais cela m'aide à mieux comprendre le tout. « Elle aura sa personnalité bien à elle », disait la dernière lettre, et... Elle jeta un coup d'œil au dernier feuillet : « Quel bonheur ce sera d'assister à l'éclosion de cette personnalité ! »

Eh bien, se dit-elle, je vais faire ce voyage jusqu'à Simmons' Mills, et ce sera terminé. Il nous restera tout l'été pour être heureux ensemble, ils auront le temps d'oublier cette petite blessure.

Avant d'éteindre sa lampe, elle regarda encore le dessin de son grand-père. Il fourmillait de détails cachés. Le loup lui-même était tapi dans un coin de l'image, si minutieusement dessiné qu'il faisait presque partie intégrante de la forêt. Quand elle était petite, il fallait toujours qu'elle le cherche longuement. Puis, quand elle l'avait trouvé, elle s'attristait de ne pas pouvoir entrer dans l'image pour mettre en garde l'innocente enfant qui marchait, toute nue, les yeux remplis de naïf plaisir.

15

Ainsi qu'elle l'avait prévu en étudiant la carte, la route de Simmons' Mills devenait plus étroite et plus sinueuse après Bangor. Et de plus en plus déserte. Le jeudi suivant, à cinq heures, Nathalie était en plein territoire montagneux, au cœur du paysage mouvementé et inhospitalier qui caractérise le centre du Maine. Il n'y avait que de rares véhicules qui venaient en sens inverse, et c'étaient presque exclusivement des poids lourds gigantesques qui la croisaient avec fracas, traînant d'impressionnants chargements — le plus souvent, leur remorque était couverte d'énormes troncs d'arbres enchaînés.

Elle avait fait le plein d'essence à Bangor et se félicitait d'avoir eu cette prévoyance : il n'y avait pas une seule station-service le long de cette route déserte. Pas de fermes. Pas de boutiques-souvenirs offrant aux touristes, comme le long de la côte, des homards de plastique et des coquillages vernis. Pas de restaurants, non plus. À deux reprises, elle vit, surgissant du néant, de curieux magasins qui vendaient un peu de tout, à en croire les affiches collées sur leurs murs de bois nu : depuis les licences de chasse et de pêche jusqu'au Pepsi, à la bière et aux pizzas. Elle ne s'arrêta pas. Elle était bien trop pressée d'arriver à Simmon's Mills et d'y trouver un logement avant la tombée de la nuit. Les établissements miteux s'éloignèrent dans son rétroviseur et les bois se refermèrent sur la route.

À l'ouest, le soleil descendait de plus en plus vers les montagnes. Chaque fois que la route la faisait émerger de l'épaisse forêt au hasard des collines dont elle suivait quelques instants la crête, Nathalie jouissait d'une vue splendide. Au loin, vers la gauche, des lacs lui apparaissaient, brillant comme des débris de miroirs dans la lumière dorée du soleil à son déclin. Par intervalles, elle apercevait également la tumultueuse Penobscot, la rivière au nom indien, qui poursuivait lourdement son interminable voyage vers le sud — vers l'océan. Quelquefois, la rivière était utilisée pour transporter d'importantes quantités de bois. De loin en loin, l'un ou l'autre tronc d'arbre était resté coincé au bord du cours d'eau, entre deux roches, et le courant se fendait au passage, tourbillonnant et écumant autour de l'obstacle avant de continuer sa course.

Nathalie savait que la forêt était peuplée de bêtes sauvages — daims, élans, ours, et tous les petits animaux fouisseurs qui passaient leur temps à plonger au fond de leurs profonds terriers et à en ressortir en quête de nourriture. C'était la première fois qu'elle traversait la vaste région inhabitée qui s'étendait au centre du Maine. Elle avait l'impression d'être remontée dans le temps, vers les âges primitifs.

Soudain, du haut d'une colline, elle vit en contrebas la ville de Simmons' Mills, pareille à une petite tache claire à côté de la rivière grise et du vert sombre des bois. Aussitôt, elle se rangea au bord de la route et s'arrêta.

La forêt ne s'écartait qu'à peine pour laisser la place à la petite ville, exactement comme l'eau de la rivière, tout à l'heure, ne semblait se fendre qu'à contrecœur pour passer de chaque côté des troncs importuns qui y étaient bloqués. Une énorme fabrique de papier se dressait au bord de la rivière, crachant par de hautes cheminées une épaisse fumée grise qui demeurait suspendue en nuages aplatis avant de se disperser, rosie par les lueurs du soleil de plus en plus bas. Nathalie regarda sa montre et se sentit légèrement mal à l'aise. Il était près de sept heures. Elle réalisait subitement qu'elle avait entrepris ce voyage sans s'y être suffisamment préparée d'un point de vue simplement pratique. Elle s'était dit que Simmons' Mills aurait un motel. Jamais elle n'avait vu de ville qui n'eût au moins *un* motel. Et pourtant, à présent qu'elle voyait Simmons' Mills de la hauteur, elle se rendait compte qu'il ne s'agissait pas d'un endroit où venaient les touristes. Les abords de la ville — c'était généralement dans les faubourgs que se trouvaient les motels — ne consistaient qu'en quelques rares fermes posées sur des terres arrachées à la forêt, quelques bâtisses éparpillées de part et d'autre de la route, pareilles à des breloques attachées le long d'un ruban que l'on aurait laissé tomber en hâte et qui aurait gardé les courbes selon lesquelles il s'était posé au hasard. Remontant en voiture, elle reprit la route et descendit la colline.

Elle passa devant les fermes, dont la pauvreté se voyait aux gros cailloux qui jonchaient les pâturages ainsi qu'à la courbe qu'accusaient les toits des granges, durement éprouvés par le poids de la neige en hiver. Bientôt, elle pénétrait dans Simmons' Mills.

Il n'y avait qu'une rue principale. Elle sourit en se rappelant son étonnement devant l'en-tête de la lettre de Foster H. Goodwin à ses parents, qui ne mentionnait pas de nom de rue. Ce n'était évidemment pas nécessaire dans une localité de la taille de celle-ci. Par contre, le télégramme leur donnait rendez-vous au n° 43 de la Grand-Rue. Justement, elle passait devant le n° 43. Un édifice de deux étages, en briques. Au rez-de-chaussée, un drug-store. Les bureaux sont sans doute à l'étage, se dit-elle. C'est là que je trouverai Foster Goodwin. Et, brusquement, elle songea : C'est là que mes parents sont venus me chercher. Quel étrange sentiment ils doivent avoir eu en arrivant au sommet de la dernière colline et en voyant Simmons' Mills dans la vallée. « C'est là que notre fille nous attend ».

Finalement, elle poussa un soupir de soulagement et se prit à sourire. Derrière le coin, à côté d'une église, elle venait d'apercevoir une maison blanche en bois, devant laquelle pendait un panneau : « Chambres ».

Voilà, se dit Nathalie. Ce soir, je dors dans ma ville natale. Elle gara la voiture dans l'allée qui menait à la maison et alla sonner à la porte.

Une femme à l'air accueillant vint lui ouvrir. Son visage était ridé mais rose, elle avait des lunettes à double foyer sur le nez et un tricot à la main. Nathalie entendit, dans la pièce voisine, le son du journal télévisé, énoncé avec solennité par une voix qui lui était familière. Allons, se dit-elle, Simmons' Mills n'est pas tout à fait le bout du monde, puisqu'ici aussi on écoute les comptes rendus des crimes, des guerres et des désastres. Je parie qu'il n'y a pas eu un seul crime ici depuis des années — qui prendrait cette peine ?

— Vous êtes seule, mon petit ? demanda la femme en jetant un coup d'œil vers la voiture, pardessus l'épaule de la jeune fille.

— Oui. Je voudrais une chambre pour ce soir et peut-être aussi pour demain soir.

— J'ai une jolie chambre pour vous. Vous devrez partager la salle de bains. Mais je n'ai qu'un seul autre client pour l'instant — il est à demeure, il travaille à la fabrique.

— C'est parfait, dit Nathalie en souriant. Elle se sentait fatiguée et affamée. Et l'idée de prendre un bon bain chaud la réjouissait vivement.

— C'est sept dollars la nuit. Petit déjeuner inclus, ajouta la femme comme pour s'excuser.

— Très bien. Cela me semble parfait. Je m'appelle Nathalie Armstrong.

— Et moi, je suis Mme Talbot. Anna Talbot. Entrez donc, Nathalie.

— Je vais aller prendre mes affaires dans la voiture, Mme Talbot. Y a-t-il un endroit en ville où je pourrais manger quelque chose ?

— Mon Dieu ! dit Mme Talbot en fronçant les sourcils. C'est jeudi, aujourd'hui, tout est fermé à cette heure-ci. Les week-ends, voyez-vous, il y a quelques établissements qui restent ouverts le soir, mais le jeudi... Ne vous en faites pas, allez vite prendre vos affaires, Nathalie, et je vous préparerai un bol de soupe et une bonne tartine. Cela vous suffira ? Je vous compterai juste un petit supplément.

Nathalie sourit, reconnaissante, et songea en allant chercher sa petite valise que toutes les villes du monde devraient avoir une Anna Talbot pour mettre à l'aise les étrangers.

Je parierais n'importe quoi qu'Anna Talbot connaît mes parents, se dit-elle en déposant ses affaires dans sa chambre. Elle se lava les mains et jeta un coup d'œil au miroir. Elle avait les traits tirés. La route avait été longue. Je me demande, songea-t-elle, quelle est la personne dans cette ville qui a les cheveux noirs et les yeux bleus comme moi.

Assise dans la cuisine, elle dégusta une soupe de légumes faite maison et un copieux sandwich au poulet, le tout arrosé d'un verre de lait. Après être discrètement restée auprès d'elle pendant quelques instants pour s'assurer qu'elle n'avait besoin de rien d'autre, Mme Talbot reprit son tricot et se retira dans le petit salon où le poste de télévision était resté allumé. Quand elle eut terminé son repas, Nathalie fit rapidement la vaisselle dans l'évier, puis s'approcha timidement de la porte du salon.

— C'était délicieux, Mme Talbot. Merci beaucoup.

— Je vous en prie, mon petit. Si vous avez besoin de quoi que ce soit d'autre, n'hésitez pas à me le demander.

— À vrai dire, j'aimerais pouvoir consulter votre annuaire téléphonique, Mme Talbot. Je dois voir quelqu'un en ville, demain.

Anna Talbot émit un petit rire.

— Je veux bien vous prêter mon annuaire, mon petit, dit-elle en se penchant vers une petite table et en tendant à Nathalie un mince volume. Mais vous auriez plus vite fait de me demander à moi ce que vous voulez savoir. Je connais tout le monde ici. Je peux vous dire à propos de chacun où il habite, s'il est chez lui, comment il se porte et pour qui il a voté aux dernières élections présidentielles.

— Je vois que je suis bien tombée ! dit Nathalie en riant. Vous pourrez donc me dire si les bureaux de Maître Foster Goodwin se trouvent toujours au n° 43 de la Grand-Rue, et si vous pensez qu'il pourra me recevoir sans rendez-vous, demain.

Anna Talbot tressaillit et considéra son tricot, comme si elle venait de laisser échapper une maille. Puis elle se mit à observer attentivement Nathalie à travers la moitié supérieure de ses verres à double foyer. Sur le petit écran, de l'autre côté de la pièce, les prévisions météorologiques venaient de faire place à une publicité pour une poudre à lessiver. Un homme en uniforme blanc parlait à une ménagère dépitée des taches de graisse qui persistaient sur la chemise de son époux.

— Foster Goodwin, dit Anna Talbot perplexe, est mort depuis dix ans.

16

Non, oh *non !* se dit Nathalie, sentant tout à coup des larmes lui brûler les yeux. Quelle idiote je suis ! Je m'amène ici sans douter de rien, je m'imagine que tout va se passer le plus simplement du monde... Je me dis qu'il me suffira de trouver Foster Goodwin. C'est la seule personne qui sache tout, trouve-le et il te renseignera. Pauvre naïve ! J'oubliais que dix-sept années ont passé depuis...

Non, je ne l'avais pas oublié. Mais je me persuadais que cela n'avait pas d'importance. Comme je me trompais ! Foster Goodwin est mort. Que faire, à présent ?

Je suis tellement crevée que je ne parviens même plus à réfléchir. Il faut que j'aille me coucher. Mais avant cela, il faut que je décide de ce que je vais faire demain. Il doit bien y avoir quelqu'un, dans cette bizarre ville à une rue, qui puisse m'aider à retrouver mon passé. À moi de chercher du bon côté. Le médecin. Comment donc s'appelait-il ? C'est lui qui m'a mise au monde. Il saura. Il se souviendra.

S'il est encore en vie ! Nathalie poussa un soupir et se laissa tomber dans le fauteuil le plus proche de la porte. Anna Talbot l'observait. Elle s'était remise à tricoter, avec des gestes automatiques, passant et repassant sans trêve le fil sur l'aiguille. Une moufle bleue prenait forme entre ses doigts.

— Vous avez l'air fatiguée, mon petit.

— Oui, répondit Nathalie. La route a été longue. (Comment s'appelait-il ? Comment s'appelait-il ? Les lettres sont là-haut, dans ma valise, mais je suis trop lasse pour monter.)

— Reposez-vous une minute, Nathalie, dit Anna Talbot. Je vais nous faire un peu de thé et nous bavarderons un instant. Regardez, ajouta-t-elle en lui montrant la petite moufle. C'est pour mon dernier petit-fils. Il a déjà presque deux ans, et je ne l'ai jamais vu. Mais ils habitent au Kentucky. C'est tellement loin...

Nathalie regarda autour d'elle et vit les photos de tous les petits-enfants. Il y en avait de tout âge, des bébés comme des diplômés en toge. Il y avait des photos scolaires, aux couleurs trop vives et aux sourires forcés, et des instantanés légèrement flous représentant des enfants brandissant des poissons, des jeunes filles posant en robe de soirée, des garçonnets radieux, fiers de leur bicyclette neuve, des bébés que des bras présentaient à l'objectif d'un photographe amateur.

— Quelle grande famille ! dit Nathalie.

— J'ai seize petits-enfants, dit fièrement Mme Talbot. Et cinq enfants. Tous les cinq ont grandi ici et sont sortis diplômés de l'école de Simmons' Mills. Deux d'entre eux sont ensuite allés à l'université. Bien sûr, je ne les vois pas assez souvent. Ils sont tous partis. Il y a très peu de gens — parmi les jeunes en tout cas — qui restent à Simmons' Mills. Mes enfants à moi sont tous partis depuis des années. Heureusement, ils m'écrivent.

— Ils doivent vous manquer, dit poliment Nathalie.

— On se sent parfois bien seule, dit Mme Talbot avec un sourire. Voilà cinq ans déjà que mon mari est mort.

On se sent parfois bien seule. Comme c'est triste de se sentir seul, songea Nathalie. Je n'avais jamais réellement pensé à cela. Parce que Tallie, par exemple, a beau être solitaire, elle ne se sent pas seule. Tallie aime la solitude. Bien que, malgré les années qui ont passé, Stéfan lui manque encore toujours.

— Mme Talbot, dit-elle, je serai ravie de boire un peu de thé avec vous. Si vous permettez, je voudrais simplement aller chercher quelque chose dans ma chambre.

Se levant, elle monta vers sa jolie chambrette, au haut de l'escalier, et prit les lettres dans sa valise. Voilà : « La famille m'a été recommandée par le Dr Clarence Therrian », écrivait Foster Goodwin. Le défunt Foster Goodwin, se reprit-elle avec amertume.

S'il vous plaît, *s'il vous plaît,* songea Nathalie en redescendant l'escalier, que le Dr Clarence Therrian soit encore en vie ! Car s'il est mort je ne saurai vraiment plus que faire.

Anna Talbot maniait une gracieuse théière décorée de roses roses et de minces filets dorés. Quel contraste par rapport à la rude poterie de Tallie, cette poterie qui évoquait des souvenirs de terre et de mains rustiques ! Mais ceci convenait mieux à Anna Talbot. Nathalie la remercia et porta sa délicate tasse à ses lèvres.

— Mme Talbot, dit-elle, je suis venue ici pour obtenir un renseignement que Foster Goodwin aurait pu me fournir. À présent, il ne reste plus qu'une seule autre personne qui puisse m'aider : un médecin qui s'appelle Clarence Therrian.

S'il vous plaît, répétait-elle intérieurement. S'il vous plaît. Quand elle était petite, sa mère lui disait que c'était une parole magique, qui obtenait tout.

— Pauvre Clarence, soupira Mme Talbot en reprenant son tricot. Pauvre cher Clarence.

Il est mort, lui aussi, songea Nathalie, et son estomac se noua douloureusement autour de son thé chaud.

— Je lui ai envoyé une plante, l'autre jour, reprenait Anna Talbot. Une bouture de celle que j'ai à la cuisine. Je l'avais plantée dans un joli petit pot vert que j'avais gardé pour une occasion spéciale. Pauvre Clarence. J'espère qu'il est en mesure d'en retirer quelque plaisir.

— Que voulez-vous dire ?

— Vous ne connaissez pas Clarence, mon petit ?

— Non.

— Un homme charmant. Pendant des années et des années il n'y avait que lui comme médecin à Simmons' Mills. Il a mis tous mes enfants au monde. Il a soigné mon mari jusqu'à sa mort. Maintenant, bien sûr, nous avons d'autres médecins. Depuis quelques années, on dirait que les jeunes aiment les endroits comme ceux-ci. Et il y a à présent trois jeunes médecins à Simmons' Mills. Tous les trois barbus. Elle fit la grimace. Pouvez-vous vous imaginer une horreur pareille, se faire examiner par un médecin qui porte la barbe ? Pauvre Clarence. Il était toujours tellement méticuleux quant à sa mise.

— « Était » ? Il n'est pourtant pas mort, n'est-ce pas ? Vous venez de dire que vous lui aviez envoyé une plante.

— Non, non, il n'est pas mort. Mais il est très, très malade. Pauvre Clarence. Elle baissa la voix, comme si elle avait à annoncer une nouvelle scandaleuse. Il a eu une grosseur, voyez-vous...

Une tumeur, traduisit intérieurement Nathalie. Il a le cancer. Combien de fois n'avait-elle pas entendu les familles des patients de son père se refuser à prononcer le mot.

— Naturellement, il est beaucoup plus âgé que moi, poursuivait vivement Mme Talbot comme pour éloigner tout risque que la même chose ne lui arrive à elle. Vous savez — elle se remit à chuchoter — après le décès de sa femme, il y a deux ans, certaines personnes en ville ont cru que, peut-être, Clarence et moi... hum ! Elle prit dans son panier à ouvrage une paire de ciseaux minuscules, coupa son fil et brandit la moufle qu'elle venait d'achever. Il n'en était rien, évidemment. Clarence et moi sommes des amis depuis des années. C'est un homme adorable. Je vous l'ai déjà dit, je crois ? Mais il est *beaucoup* plus âgé que moi. Je crois qu'il doit au moins avoir quatre-vingts ans.

« Il est tout seul, à présent, c'est affreux. Ils ont perdu leur unique enfant quand il était encore tout jeune, et puis Mary... Vous auriez dû voir le monde qui s'est rendu à ses funérailles, mon petit. Ils étaient tellement aimés dans toute la ville. Mais il ne lui reste plus aucune famille, maintenant, et c'est pourquoi j'ai pris la liberté de lui envoyer cette plante. Je ne voudrais pas que vous imaginiez autre chose, mon petit.

Anna Talbot leva timidement les yeux. Elle rougissait. Nathalie sentit monter en elle une bouffée d'affection et de pitié pour la vieille dame.

— Où est-il, Mme Talbot ?

— À l'hôpital. À l'hôpital communal de Simmons' Mills, juste au-delà de la fabrique de papier, le long de la route de la rivière.

— Pensez-vous que je pourrais le voir ?

Le visage ridé d'Anna Talbot se fronça davantage.

— Je l'ignore. J'ai appris qu'il était très mal. Est-ce que c'est terriblement important ?

Nathalie acquiesça.

— Oui, dit-elle. C'est vraiment très, très important.

— Laissez-moi réfléchir. Si vous voulez, je peux appeler Winnie Bailey. Elle travaille comme infirmière à l'hôpital. Elle sera certainement au courant.

— Oh ! vous feriez cela ? Merci beaucoup !

Anna Talbot décrocha le cornet du téléphone et forma un numéro. Pendant ce temps, Nathalie leur versa à toutes deux une nouvelle tasse de thé.

— Winnie, ma chérie ? C'est Anna Talbot. J'espère que je ne te dérange pas au milieu d'un programme intéressant ?

« Je suis désolée. Mais je n'en ai que pour une minute. Je voulais simplement te demander des nouvelles de Clarence.

« Oui, je sais, c'est atroce, n'est-ce-pas ? Évidemment, il est beaucoup plus âgé que nous, Winnie.

« Est-ce que par hasard tu sais s'il a reçu la plante que je lui ai envoyée mardi ? Non, bien sûr, il n'aurait eu aucune raison particulière d'en parler. Et je suis persuadée qu'il a reçu des monceaux de fleurs. Pourtant, il s'agit d'un petit pot vert très spécial, très joli — si tu as l'occasion de le remarquer.

« Écoute Winnie, j'ai ici chez moi une jeune fille qui voudrait le voir.

« Je n'en suis pas certaine. Non, je ne pense pas que ce soit une parente. Mais elle voudrait beaucoup lui parler pendant *une* minute.

Anna Talbot couvrit le cornet d'une main et chuchota en regardant Nathalie :

— Vous n'en auriez pas pour longtemps, n'est-ce pas, mon petit ?

Nathalie secoua la tête.

— Très bien, Winnie, je le lui dirai. Merci. Retourne vite à ta télévision, chérie. Au revoir !

Anna Talbot garda le silence pendant un instant, puis elle soupira.

— C'est bien ce que je craignais. Il va vraiment très mal. Pauvre Clarence.

— Mais je pourrai le voir une minute ? demanda Nathalie.

— Vous pouvez y aller vers onze heures demain matin, mon petit. Vous n'aurez qu'à demander Winnie Bailey et elle vous conduira.

Nathalie acheva son thé et se sentit tout à coup terrassée par la fatigue. Elle se leva.

— Mme Talbot, dit-elle, je ne pourrai jamais assez vous remercier. Vous m'avez été tellement précieuse ! Maintenant, il faut que j'aille dormir.

— Bien sûr, mon petit. Si vous avez besoin d'une couverture supplémentaire, il y en a dans la commode de votre chambre. Est-ce qu'à mon tour je pourrais vous demander de me rendre un petit service ?

— Mais bien sûr !

— Quand vous verrez Clarence, pouvez-vous lui montrer ma plante, dans le joli pot vert ? Et lui dire que c'est de la part d'Anna Talbot ?

17

Le lendemain, vendredi, Simmons' Mills s'éveilla par un temps clair et sans le moindre nuage. Le ciel était tellement bleu qu'il semblait avoir été colorié par un enfant qui aurait gardé son meilleur crayon pour faire plus beau. Laissant sa voiture chez Mme Talbot, Nathalie partit à pied vers l'hôpital.

Égayée par le radieux soleil matinal, la petite ville lui parut moins grise que la veille. Les bâtiments de la grand-rue étaient vieux, sans doute, mais les façades de bois étaient fraîchement peintes, les briques étaient propres, et des gens entraient et sortaient de partout, dans les quelques boutiques, la banque, la bibliothèque, le bureau de poste. Le soir, Nathalie avait eu l'impression de voir un décor de cinéma abandonné par les acteurs après la fin du tournage. Mais pendant la journée, se disait-elle tout en se dirigeant vers la fabrique qui dominait de sa silhouette la partie nord de la ville, ce n'était qu'une petite ville très ordinaire. Une ville où les existences semblaient se dérouler avec satisfaction et même avec un certain charme paisible.

Ma mère s'est promenée ici en attendant ma naissance, songea-t-elle.

L'hôpital était de construction récente : moderne, nu, fonctionnel. Il y flottait la vague d'odeur d'antiseptique qui est commune à tous les hôpitaux et que ni les tentures colorées ni les reproductions d'œuvres de Matisse ne parviennent jamais à faire oublier. En pénétrant par l'entrée principale, Nathalie vit dans le hall un jeune médecin barbu — et elle sourit. Pouvez-vous vous imaginer une horreur pareille, se faire examiner par un médecin qui porte la barbe ? avait dit Mme Talbot. Le jeune docteur lui rendit son sourire, mais elle se détourna et s'adressa à la réceptionniste qui était assise derrière le comptoir d'informations.

— Je cherche une infirmière qui s'appelle Winnie Bailey, lui dit-elle.

— Premier étage, répondit la femme en acquiesçant et en lui indiquant un escalier. Vous montez par là et c'est à gauche.

Nathalie trouva Winnie Bailey dans le bureau de garde du premier étage. Quand elle approcha, l'infirmière leva les yeux et lui dit :

— Vous êtes sans doute la personne dont Anna m'a parlé au téléphone ?

— Oui. Je m'appelle Nathalie Armstrong.

— Vous savez que le Dr Therrian est au plus mal, dit-elle.

Nathalie acquiesça.

— Les visites lui sont interdites. Néanmoins, il y a eu un léger mieux depuis deux jours et j'ai demandé l'avis de ses médecins : vous pouvez aller le voir, mais très brièvement. Je présume que vous n'allez pas l'agiter ? Vous ne lui apportez pas de mauvaises nouvelles ?

— Oh non, je ne pense pas, dit Nathalie. Je voudrais seulement lui demander un petit renseignement au sujet d'une personne qui a été sa patiente il y a des années.

Winnie Bailey plissa le front.

— Mon Dieu ! dit-elle, cela risque d'être un problème. Il va plutôt bien ce matin, c'est entendu, mais évidemment il prend énormément de médicaments et son esprit divague parfois un peu. Il risque de ne même pas comprendre ce que vous lui voulez.

Il faudra qu'il comprenne, se dit Nathalie. Il le faudra.

— Je peux toujours essayer, dit-elle. C'est tellement important pour moi.

— Voulez-vous que je vous accompagne auprès de lui ?

— Je ne crois pas, dit Nathalie. Cela ira très bien.

— Eh bien, il est à la chambre 234, juste au bout de ce couloir. Ne restez pas plus d'un quart d'heure.

Winnie Bailey lui sourit et retourna à ses papiers et à son stylo.

La porte de la chambre 234 était entrouverte et couverte de panneaux : « Visites interdites ». « Défense de fumer ». Nathalie poussa doucement le battant. Un vieil homme reposait sur le lit, les yeux clos, le visage aussi pâle que l'oreiller. Une bouteille de glucose pendait à côté du lit, reliée à son bras gauche par un fin tuyau de plastique qui distillait goutte à goutte la solution dans ses veines. Plusieurs bouquets de fleurs étaient alignés sur la large tablette de fenêtre. Parmi eux, le petit pot vert avec sa plante. Nathalie sourit. Elle s'approcha du lit.

— Dr Therrian ? appela-t-elle très doucement.

Il tourna la tête et cligna des yeux. Après l'avoir observée fixement pendant quelques instants, il se mit à regarder autour de lui comme s'il était désorienté et qu'il faisait un effort pour retrouver ses esprits.

— Je suis désolée de vous avoir éveillé, dit Nathalie.

Le vieil homme se tourna de nouveau vers elle et la considéra attentivement, regardant ses cheveux, son visage, son pull bleu, de nouveau son visage. Puis il tendit la main, prit celle de Nathalie et sourit.

— Julie ? dit-il.

18

Quelle tristesse, songea Nathalie. Comment puis-je avoir le courage de venir tourmenter par mes questions ce pauvre vieillard malade et fatigué ? Il ne sait même plus ce qui se passe. Il divague. Il me prend pour quelqu'un d'autre. Il souffre, probablement. Je ferais mieux de le laisser en paix.

Pourtant, j'ai parcouru tout ce chemin pour venir jusqu'ici. Et il est la seule personne au monde qui puisse m'aider.

Dr Therrian, dit-elle gentiment. Je m'appelle Nathalie.

— Julie ? répéta le vieil homme.

— Non. Je ne suis pas Julie. Mon nom est Nathalie. Je suis venue de très loin pour vous voir. Est-ce que vous m'entendez ?

Il acquiesça.

— Je ne peux pas rester longtemps auprès de vous, parce que l'infirmière m'a dit que vous aviez besoin de repos. C'est pourquoi je vais tâcher de vous expliquer très vite de quoi il s'agit.

Il l'observait intensément. Sa main était toujours entre celles de Nathalie. Elle était froide, et Nathalie tâchait de la réchauffer.

— Dr Therrian, reprit-elle, c'est vous qui m'avez mise au monde. Il y a dix-sept ans.

Il sourit.

— Beaucoup, dit-il.

— Oui, vous avez mis beaucoup de bébés au monde. C'est cela que vous voulez dire ?

Il acquiesça.

— Mais moi, j'étais un cas spécial, en quelque sorte, parce que, pour une raison que j'ignore, ma mère ne pouvait pas me garder.

Cette phrase-là avait été dure à prononcer.

Le vieillard ferma les yeux et acquiesça de nouveau.

— Vous vous souvenez d'elle, n'est-ce pas, Dr Therrian ?

— Yeux bleus, dit-il.

Nathalie se mordit les lèvres.

— Oui. Il paraît qu'elle avait les yeux bleus et les cheveux noirs. Dr Therrian, je voudrais beaucoup pouvoir la retrouver.

Il la regardait toujours. Mais il ne disait rien.

— Pouvez-vous me dire son nom ? Vous rappelez-vous son nom ?

Soudain, la main du vieux médecin se crispa, il ferma les yeux et son visage se tendit. Une douleur subite l'assaillait. Nathalie attendit, souffrant en elle-même pour cet homme si solitaire et si proche de la mort.

Enfin, son corps se relâcha.

— Dr Therrian, dit Nathalie, je vous demande pardon de vous ennuyer avec tout cela. Mais personne d'autre que vous n'est au courant. Vous comprenez ?

Il acquiesça et dit dans un souffle :

— Tu lui ressembles. Je t'avais prise pour Julie.

Ces deux petites phrases avaient suffi à l'épuiser, cela se voyait. Il respirait péniblement et retira sa main d'entre les siennes, comme s'il voulait dormir. Nathalie était au supplice pour lui — et au désespoir pour elle-même. Elle reprit :

— Ne parlez pas, je vous en conjure. Je vais vous poser des questions et vous pourrez me répondre oui ou non par un signe de la tête. Ce sera peut-être plus facile.

Il soupira et acquiesça.

— Donc, vous vous souvenez de ma mère.

Il acquiesça.

— Elle est venue vous trouver parce qu'elle était enceinte. Elle avait les yeux bleus. Je lui ressemble. C'est pour cela que vous m'avez appelée Julie quand je suis entrée ?

Il acquiesça.

Il y a tant de questions que je ne pourrai pas lui poser ! songea Nathalie. Quelle sorte de femme était-elle ? Est-ce qu'elle travaillait ? Avait-elle d'autres enfants ? Il n'a pas la force de répondre à des questions de ce genre-là. Il faut qu'il me dise *qui* elle était — le reste, je pourrai l'apprendre en l'interrogeant elle-même.

— Vous vous êtes occupé de mon adoption, avec Foster Goodwin. Vous vous souvenez ?

Il acquiesça.

— Et mon père ? Vous le connaissiez, lui aussi ? Était-il avec elle quand elle est venue vous voir ?

Le vieil homme la considéra fixement, sans remuer la tête.

— Peut-être que la femme, Julie, n'était pas mariée ? Dr Therrian, est-ce pour cela qu'elle ne pouvait pas me garder ?

Il acquiesça.

— Je voudrais vous demander une dernière chose encore, Dr Therrian. Pour pouvoir la retrouver. Pourriez-vous me dire le nom de famille de Julie ?

Le fait de parler exigeait du vieil homme un effort considérable, cela se voyait. Il était épuisé. Et cependant, il parvint à articuler :

— Jeffries. Julie Jeffries.

Le nom de ma mère. Enfin ! Je suis venue de l'autre bout de l'État pour ces deux mots-là. Le nom de ma mère.

— Est-elle ici, Dr Therrian ? Vit-elle à Simmons' Mills ?

Il secoua la tête. Non. De nouveau, Nathalie sentit que tout lui échappait. Et dire qu'elle avait cru que ce serait si simple.

— Savez-vous où elle se trouve ?

Non.

Il faut absolument que je m'en aille, songea Nathalie, je suis déjà restée trop longtemps, j'ai abusé de ses forces.

— Dr Therrian, dit-elle, je vais tout vous redire, pour être certaine d'avoir bien compris. Après cela, je m'en irai et vous pourrez dormir.

« Elle est venue vous trouver. Elle n'était pas mariée. Elle était enceinte. Vous m'avez mise au monde et Foster Goodwin a arrangé mon adoption. Après cela, elle s'en est allée. Elle n'est plus à Simmons' Mills. Et son nom, le nom de la femme dont je suis la fille, est bien Julie Jeffries.

Il n'avait pas quitté Nathalie des yeux pendant qu'elle parlait et n'avait pas cessé d'acquiescer régulièrement. Soudain, le mouvement de sa tête s'interrompit et il se mit à la secouer en signe de dénégation. Il y avait un détail qui n'était pas juste.

Winnie Bailey apparut à ce moment-là dans l'embrasure de la porte pour signaler à Nathalie qu'il était temps de partir.

— Qu'est-ce qui n'est pas juste, Dr Therrian ? demanda Nathalie. Quelle est la chose que j'ai mal comprise ?

Elle se pencha vers lui, tout près, et il lui répondit d'une voix extrêmement faible mais ferme :

— Julie Jeffries n'était pas une femme. C'était une enfant. Elle avait quinze ans.

19

Et alors ? La belle affaire ! songeait Nathalie en revenant de l'hôpital. Paul t'avait dit que tu risquais d'apprendre quelque chose qui ne te ferait pas plaisir. Cela aurait pu être pire. Cela arrive tous les jours que des filles de quinze ans tombent enceintes.

Simplement, il faut que je révise l'image que je me faisais de ma mère, c'est tout. Nathalie donna un coup de pied dans un caillou, comme un enfant. Elle se répondit à elle-même.

Ne te raconte pas d'histoires. En fait, tu es embêtée par tout ce qu'il t'a dit. Tu voulais une mère dans le genre noble et digne, au lieu d'une pauvre gosse maladroite.

Je ne sais pas ce que je voulais. J'ai été prise de court, voilà tout. Je ne sais pas ce que j'en pense.

Tu es furieuse. Voilà ce que tu en penses. Tu es fâchée contre ta mère, il y a dix-sept ans. C'est pratiquement la réaction la plus stupide que tu pouvais avoir.

Je ne suis pas fâchée. Je réfléchis.

En plus, tu es déçue par elle.

Pas du tout. D'ailleurs, je ne pense même pas à elle. Je pense à ce pauvre vieil homme qui est en train de mourir, tout seul.

Julie Jeffries a sans doute dû se sentir seule, elle aussi.

C'est malin ! Elle aurait pu réfléchir plus loin que le bout de son nez avant de faire l'idiote.

Tu vois bien que tu es fâchée !

Eh bien soit, je suis fâchée. J'ai tort ? Après tout, c'est tout de même trop bête. Elle a fichu sa vie en l'air. Et la mienne aussi, par la même occasion.

C'est toi qui fiches ta propre vie en l'air. Tu n'avais pas besoin de venir ici. De fourrer ton nez partout, de déranger les gens, et pourquoi ? Pour découvrir des choses qui te crèvent le cœur.

La ferme ! Je n'ai pas le cœur crevé. Loin de là.

Alors, pourquoi pleures-tu ?

Je ne pleure pas.

Nathalie essuya du revers de sa main les larmes qui lui coulaient sur le visage et, prenant une profonde inspiration, elle continua sa promenade dans Simmons' Mills en observant les enfants qui roulaient à vélo dans la grand-rue et s'appelaient les uns les autres dans l'air ensoleillé. Comme Julie Jeffries l'avait fait, jadis.

20

— Mme Talbot, si cela vous arrange, je vais rester une nuit de plus.

— Entendu, mon petit. Est-ce que Clarence vous a donné le renseignement que vous cherchiez ?

— Oui, en quelque sorte. C'est un homme charmant. Et votre plante est sur sa tablette de fenêtre.

— Oh, très bien ! Vous lui avez dit, n'est-ce pas, qu'elle venait de moi ? J'imagine que les infirmières jettent parfois les cartes.

— Oui, mentit Nathalie. Il était très content.

Anna Talbot soupira de plaisir et se pencha en avant pour régler son téléviseur.

— Je vais sortir déjeuner, dit Nathalie, puis j'irai à la bibliothèque. À tout à l'heure.

— Vous allez à la bibliothèque ? Si je ne me trompe, c'est la nièce de Winnie Bailey qui est bibliothécaire, actuellement. Une fille magnifique. Dommage qu'elle ait épousé ce bonhomme de Machias. N'importe qui à Simmons' Mills aurait pu lui dire que cela ne marcherait pas. Mais vous savez comment sont les jeunes filles lorsqu'elles se croient amoureuses. Enfin, elle a tout de même deux splendides jumeaux. Ils ont gagné le concours du plus beau bébé lors des célébrations du 4 juillet, il y a deux ans, et le journal de Bangor a publié leur photo. Est-ce que ce sont des recherches historiques que vous avez à faire à la bibliothèque, mon petit ?

Nathalie sourit.

— Oui, dit-elle, je crois qu'on peut dire que oui.

Quelle toute petite ville ! songea-t-elle en sortant. Impossible d'y avoir un secret. Anna Talbot pourrait tout me dire au sujet de ma mère. Je n'aurais qu'à lui demander quelle est la fille de Simmons' Mills qui a eu un enfant illégitime en automne, il y a dix-sept ans. Son tricot lui tomberait des mains, elle laisserait échapper des mailles qui formeraient des défauts irrémédiables dans les moufles de ses petits-enfants. Ses yeux s'écarquilleraient derrière ses lunettes, elle me regarderait, avec mon visage qui ressemble à celui de Julie, et elle se souviendrait. Elle me raconterait tout.

Et après, elle le répéterait à tout Simmons' Mills. Le central téléphonique enregistrerait une surcharge pendant deux jours au moins.

Je ne peux pas faire cela à Julie Jeffries. C'était son secret. C'est le mien, à présent, mais il ne faut pas que cela aille au-delà.

La bibliothèque de la ville — dédiée, comme l'indiquait la plaque de bronze à l'entrée, à la mémoire des fils de Simmons' Mills qui avaient péri au cours de la première guerre mondiale — était petite, sombre et trapue. À Branford, la bibliothèque avait été rebaptisée « médiathèque » et repeinte dans des couleurs vives. On y avait également mis des fauteuils moelleux à coussins de plastique dont il n'était pas facile de s'extirper. À Simmons' Mills, par contre, les lecteurs étaient toujours forcés de s'asseoir sur des sièges hauts et raides, dans une lumière tamisée, et de garder le silence.

Il ne faudra plus longtemps pour que cela change, se dit Nathalie en regardant la jeune bibliothécaire criblée de taches de rousseur qui était assise derrière le bureau. Un petit carton rectangulaire posé au bord du bureau annonçait : « Mrs. Farley ». À côté, une paire de bébés identiques en maillots de bains rayés souriaient dans un cadre. Mrs. Farley était occupée à feuilleter le dernier numéro du *Cosmopolitan.* Elle le posa, ouvert à une page qui proposait un test intitulé « Avez-vous du sex-appeal ? » et, levant les yeux vers Nathalie, elle sourit.

— Bonjour ! dit-elle.

Mrs. Farley, songea Nathalie, depuis que vous êtes là, on parle à voix haute dans cette bibliothèque. Bravo !

— Bonjour, répondit-elle. Je voudrais consulter quelques vieux journaux de Simmons' Mills.

Mrs. Farley leva les sourcils.

— J'espère que ce n'est pas du sensationnel que vous recherchez, dit-elle. La dernière fois qu'il s'est passé quelque chose dans la région, c'est quand la FBI a mitraillé des gangsters à Bangor. En 1937.

Nathalie se mit à rire.

— Non, dit-elle, je cherche simplement des renseignements concernant quelqu'un qui a vécu ici dans le temps. Je me dis qu'il pourrait y avoir quelque chose dans le journal — à la rubrique mondaine, par exemple.

— Eh bien, nous possédons tous les journaux à partir de 1950. Avant cela, nous les avons également, mais sur microfilms.

Nathalie fit un rapide calcul.

— Il me faudrait les années 1959-1960, environ.

— Aucun problème. Sauf si vous êtes allergique à la poussière. Ça se trouve dans la pièce du fond. Elle indiqua une porte derrière son bureau. Pensez-vous pouvoir vous y retrouver toute seule ? Je serais ravie de vous aider à chercher, mais je suis censée ne pas laisser la salle principale sans surveillance — elle fit une grimace et, toutes les deux, elles se tournèrent vers l'unique table occupée, où trois jeunes enfants étaient plongés dans des livres d'images et en lisaient les petits textes en formant gravement les mots avec les lèvres au fur et à mesure de leur lecture.

— C'est parfait, dit Nathalie. Je fouillerai moi-même.

— O.K. Si vous avez besoin d'aide, vous criez. Mais attention, criez tout bas ! ajouta-t-elle avec un sourire en lui montrant du menton un panneau épinglé au mur : « N'oubliez pas qu'une bibliothèque est un lieu réservé à l'étude. Respectez la lecture des autres en observant le silence. »

Mrs. Farley lui fit un clin d'œil.

— Merci, chuchota Nathalie en pouffant de rire. Et elle franchit la porte de la pièce du fond.

Celle-ci était tapissée de rayons. Nathalie y trouva la collection de journaux, classée par année, et elle prit les deux piles correspondant aux années 1959 et 1960. Après avoir soufflé sur le dessus de chaque pile pour en ôter la poussière, elle alla s'installer à la petite table au centre de la pièce. Elle réalisa tout à coup qu'elle ne savait pas exactement ce qu'elle cherchait. Il n'y avait certainement pas eu d'avis de naissance...

Et pourtant, c'était décidément une bien petite ville. Cela lui apparaissait plus clairement encore à mesure qu'elle tournait les pages en laissant son regard y errer au hasard : réunions du Club des Jeunes Agriculteurs, remises de récompenses aux boys-scouts, soupers paroissiaux...

En décembre 1959, le spectacle de Noël de l'église baptiste de Simmons' Mills est reporté à cause d'une violente tempête de neige.

C'est en décembre 1959 que Julie Jeffries est devenue enceinte, songea Nathalie. Il fallait du courage, se dit-elle cyniquement, dans une ville aussi petite que celle-ci et par un temps aussi rude. Elle avait dû se dénicher un endroit bien chaud. *Ils* avaient dû se dénicher un endroit bien chaud.

Le spectacle a lieu la semaine suivante. Succès foudroyant, comptes rendus dithyrambiques. Une mauvaise photo de la distribution. La Vierge est une blonde au sourire timide, affublée d'une auréole de carton un peu cabossée. Elle s'appelle Jackie McNabb.

C'était sans doute une amie de Julie, se dit Nathalie en scrutant pensivement ce portrait flou de la jolie fille qui avait été sélectionnée pour être la Vierge baptiste 1959. Julie a sans doute regardé cette photo, elle aussi. Elle doit avoir nourri des pensées plutôt sombres, ce Noël-là, à propos de la virginité en général.

Nathalie continua à tourner les pages. La chorale de l'école donne un concert de Noël, mais les noms des chanteurs ne sont pas mentionnés. La bibliothèque de Simmons' Mills a organisé une party de Noël pour les enfants, en présence de saint Nicolas qui a distribué les friandises accrochées au sapin. Mme Édith Morrow est allée à Portland pour passer les vacances chez sa sœur. Edgar Moreau s'est blessé en tombant contre sa scie à chaînette. Il a fallu lui mettre quarante points de suture et le garder à l'hôpital, mais il est en bonne voie de guérison. Des vandales ont jeté de vieilles boîtes de bière dans le cimetière. L'agent de police Michael Moreau (le fils d'Edgar ? Ce n'était pas précisé) a été promu au grade de sergent au sein du corps de police de Simmons' Mills — qui comprend trois hommes. C'est lui qui conduira la nouvelle voiture de patrouille. L'école annonce qu'elle rouvrira ses portes le 3 janvier si les fuites dans le toit ont été réparées d'ici là. Les travaux de réparation sont entrepris par W. D. Corning et Fils.

Le 2 janvier, naissance du premier bébé de l'année à l'hôpital communal de Simmons' Mills.

Le journal publie la photographie du héros endormi avec une banderole « 1960 » en travers de son berceau. Il s'agit de Denis Paul Moreau, le premier-né de Michael et Jeannine Moreau (pas mal, se dit Nathalie, ce veinard de Mike a eu une promotion et un fils la même semaine). L'accouchement a eu lieu à neuf heures vingt du matin (par contre, ce n'est pas de chance : s'il était né neuf heures et demie plus tôt, son père aurait pu obtenir une réduction d'impôts dès cette année — espérons que son augmentation y aura suppléé), avec l'assistance du Dr Clarence Therrian.

Elle revit le vieil homme, le regard dont il l'avait enveloppée, la façon dont il avait dit : « Julie ? ». Se souvenait-il aussi bien de tous ses patients ?

Le 6 janvier, M. et Mme Clément Jeffries ont donné une réception pour les cadres de la Société Papetière P. R. Simmons, en leur maison de la Falls Road.

Nathalie s'assit. Ce ne pouvaient être que les parents de Julie. Ses grands-parents à elle. M. et Mme Clément Jeffries.

Nathalie nota leur nom et le nom de leur rue : Falls Road. Julie n'était plus ici, d'après le Dr Therrian. Mais ses parents n'étaient peut-être pas partis, eux.

Ils me diront où je peux la trouver. S'ils veulent bien me le dire.

J'inventerai une histoire pour expliquer que je suis à sa recherche. Je leur dirai qu'elle est une vieille amie de ma mère.

Impossible. Ils me reconnaîtraient. Le Dr Therrian m'a reconnue immédiatement, il m'a même appelée Julie.

Peu importe, je ferai cela par téléphone.

De nouveau, tout semblait très simple.

Nathalie continua à feuilleter les autres journaux, un peu plus hâtivement. Le 15 janvier 1960, l'école de Simmons' Mills publie son palmarès. Julie Jeffries a brillé dans toutes les branches. Une seule de ses condisciples, Margot McLellan, a obtenu des résultats plus brillants encore. Nathalie ressentit une pointe d'antipathie pour cette Margot McLellan.

Elle alla remettre les journaux sur leur étagère et retourna dans la salle principale. Mrs. Farley était occupée à lire une histoire aux trois petits enfants. L'un d'eux, assis sur ses genoux, lui caressait doucement les cheveux tout en écoutant.

Nathalie attendit la fin de l'histoire.

— Mrs. Farley, demanda-t-elle ensuite, pourrais-je consulter l'annuaire du téléphone ?

La bibliothécaire soupira, posa le petit garçon sur ses jambes et alla vers son bureau.

— Voici, dit-elle en tendant à Nathalie le mince volume. Mais, à mon très grand regret, je ne peux pas vous laisser utiliser le téléphone. C'est une règle stupide. La raison, c'est que, si l'on permet à une personne de téléphoner, tout le monde voudra téléphoner. Personnellement, je ne vois pas en quoi ce serait un désastre si tout le monde voulait téléphoner d'ici. Encore un an de patience, ajouta-t-elle sur sur le ton de la confidence. L'année prochaine, quand Mme Rhéa se retirera je deviendrai bibliothécaire en chef à sa place. Revenez l'année prochaine, et vous pourrez téléphoner, siffler, chanter, le tout sans la permission écrite de votre mère.

— C'est parfait, dit Nathalie en riant. De toute façon, je n'avais pas l'intention de téléphoner. Je veux simplement chercher quelque chose dans l'annuaire.

Clément Jeffries ne s'y trouvait pas.

Et maintenant ? songea Nathalie. Pendant quelques minutes, je me suis réellement prise pour le plus grand des détectives. Je crois que si on m'avait mise sur l'affaire du Watergate, Nixon serait encore en place aujourd'hui.

— Est-ce que par hasard vous posséderiez les vieux almanachs de l'école de Simmons' Mills ? demanda-t-elle à la bibliothécaire en lui rendant l'annuaire.

— Vous avez de la chance, répondit Mrs. Farley avec un sourire. Nous les avons tous. Mais au préalable, il faut que je vous lise ceci. Elle prit un papier dans un des tiroirs de son bureau, y jeta un coup d'œil et récita de mémoire : « Il est arrivé par le passé que certains usagers de la Bibliothèque abusent de leur droit de lecture et détériorent les almanachs scolaires qui s'y trouvent conservés. Qu'il soit désormais entendu que quiconque y apposera la moindre inscription — et en particulier des dessins ou remarques de nature obscène — sera redevable à la Bibliothèque des frais de remplacement du volume concerné. En outre, il sera privé de son droit de lecture pendant la durée d'un an. »

Nathalie croisa les mains sur son cœur :

— Je jure de ne pas détériorer les almanachs, dit-elle avec le plus grand sérieux. Croix de bois, croix de fer, si je mens, je vais en enfer.

— Vous ne dessinerez pas de gros nichons au stylo à bille sur la photo du prof de gym ?

— Je ne dessinerai pas de gros nichons au stylo à bille sur la photo du prof de gym. Promis.

— Alors, ça va. Quelle année voulez-vous ?

— 1960.

— Zut ! dit Mrs. Farley. Si vous aviez demandé 1970, vous m'auriez vue en mascotte de l'école, avec taches de rousseur et tout le reste.

Toujours riant, elle prit l'almanach de 1960 dans une armoire fermée à clé.

L'almanach scolaire de Simmons' Mills 1960 était vert sombre et s'intitulait « L'Oracle ». Les couleurs de l'école étaient vert et or et l'almanach de cette année-là était dédié à Herman Wright qui se retirait après avoir passé trente ans à donner cours de travaux manuels.

Julie Jeffries ressemblait à s'y méprendre à Nathalie. Bien sûr, Nathalie s'y attendait, et cependant la surprise fut telle que ses genoux se mirent à trembler et qu'elle dut s'asseoir.

— Ça va ? demanda Mrs. Farley qui l'observait.

— Oui, dit Nathalie avec lenteur. Ça va. Merci pour tout.

21

Étendue, les jambes croisées sur son lit, chez Mme Talbot, Nathalie relut ses notes et fit la synthèse de tout ce qu'elle avait appris au sujet de sa mère. Elle avait passé près de deux heures à la bibliothèque et avait lu l'almanach tout entier, de la première page à la dernière.

Julie Jeffries n'était pas mentionnée dans l'almanach de 1961, ni dans celui de 1959.

En résumé, une certaine Julie Jeffries aux cheveux noirs et aux yeux bleus avait passé une année scolaire à Simmons' Mills, Maine. Elle devait y être arrivée dès le commencement de l'année, semble-t-il, car elle faisait partie des majorettes de l'école — or, les élections des majorettes ont généralement lieu en début d'année. Julie avait posé, souriante, en compagnie de cinq autres filles, toutes vêtues d'un kilt très court et d'un pull foncé avec un grand SM. Julie portait des mocassins et des mi-bas. Ses cheveux noirs étaient longs et raides, avec une frange. Elle mettait du rouge à lèvres — on était en 1959.

Elle était probablement la fille de M. et Mme Clément Jeffries qui habitaient à Falls Road et étaient mentionnés dans les annuaires téléphoniques de 1959 et de 1960. Il n'y avait pas d'autres Jeffries parmi les abonnés du téléphone. Clément Jeffries devait être parmi les cadres de la Société

Papetière P. R. Simmons — cette même fabrique qui, en ce radieux vendredi, envoyait au-dessus de la ville ses épaisses fumées jaunâtres.

Julie avait été mentionnée au tableau d'honneur. Elle avait fait partie de l'équipe féminine de hockey sur gazon ainsi que du Club de Français.

Elle avait assisté à la soirée de Noël. Nathalie l'avait découverte au milieu d'une photo de foule publiée dans l'almanach : en robe longue à jupe de tulle, avec des dentelles autour des épaules et un petit bouquet au corsage, elle souriait en tenant la main d'un grand garçon aux cheveux sombres dont le visage était complètement flou. Zut ! s'était dit Nathalie en examinant la photo. Voilà probablement mon père, et il n'a pas eu la bonne idée de rester tranquille au moment où la photo a été prise.

Julie avait également fait partie de la troupe de théâtre de l'école. En novembre, elle avait incarné Cléopâtre dans *César et Cléopâtre* de Bernard Shaw. Stupéfaite, Nathalie avait passé un long moment à observer la photo de Julie dans ce rôle. Éblouissante. Mince, très sophistiquée pour son âge (elle n'avait peut-être encore que quatorze ans, en novembre ?), outrageusement maquillée comme le demandait le personnage, avec un fard à paupières sombre et brillant, la chevelure abondante, la bouche fière et séduisante, elle était exactement la jeune Cléopâtre telle que Shaw la décrit.

Sur les autres photos, elle apparaissait simplement comme une très jeune et très jolie écolière, généralement très souriante.

Que sais-je de plus ? En décembre, elle est devenue enceinte. De qui ? Sans doute du garçon qui l'a emmenée danser à la soirée du 23. Qui était-il ? Impossible à découvrir. Quand s'en sera-t-elle rendu compte ? En février, sans doute. Du moins, elle aura commencé à s'affoler en février et, en mars, elle n'aura plus eu de doute. Cela pouvait ne pas se voir, encore, à ce stade-là. Toujours est-il qu'à un moment donné — en mars, disons — elle sera allée voir le Dr Therrian. Ses parents étaient-ils au courant ?

Aura-t-elle terminé l'année scolaire ? On ne peut pas savoir, toutes les photos publiées dans l'almanach datent d'avant Noël. L'année scolaire s'achevait fin mai. À cette époque, elle en était à son cinquième mois. Coïncidence curieuse, c'est cette année-là que la mode de ces horribles robes-sacs a fait fureur — Nathalie avait pu s'en rendre compte grâce aux photos. Julie a donc pu s'en servir comme d'un camouflage et rester à l'école jusqu'à la fin de l'année sans que personne ne s'aperçoive de son état.

Et ensuite ? Elle n'a pas quitté Simmons' Mills, puisque c'est le Dr Therrian qui l'a accouchée en septembre (Mon Dieu ! et ce bébé, c'était *moi !*). Quel été affreux cela a dû être pour elle ! Ce n'est pas précisément le genre d'endroit où il y a moyen de passer inaperçu.

Après cela, elle est partie avec ses parents. Et avec d'autres enfants ? Il n'y avait en tout cas pas d'autres Jeffries à l'école.

Où s'en sont-ils allés ? Et où est-elle à présent ?

Nathalie rangea ses notes dans sa valise et alla prendre sa voiture. Elle n'aurait pas grand mal à trouver Falls Roads — il y avait tellement peu de rues dans cette ville.

Effectivement. Falls Roads était située très près de l'hôpital, juste derrière l'immense fabrique cracheuse de fumée. Elle se séparait de River Road dans un virage, traversait la Penobscot par un pont étroit et montait doucement à flanc de colline, en une courbe qui surplombait la ville. Il y avait très peu de maisons le long de Falls Road. Nathalie en compta sept, largement espacées. Au bout, la chaussée se terminait en cul-de-sac par un petit rond-point qui permettait de faire demi-tour au sommet de la colline boisée.

C'est un quartier de gens riches, ici, se dit Nathalie. Il faudra que j'ajoute cela à mes notes. Julie Jeffries faisait partie d'une famille aisée. Et il n'y en avait pas énormément à Simmons' Mills. Je me demande si elle était snob. Je me demande si elle avait beaucoup d'amis. Elle en avait un, en tout cas, qui lui a fait un bébé. Tu parles d'un ami !

Nathalie freina. Elle venait de voir une femme grisonnante déboucher au bout d'une longue allée pour prendre son courrier. Le nom de « Petrie » était peint en écriture gothique sur sa boîte aux lettres.

— Madame, s'il vous plaît, dit-elle en s'arrêtant.

L'autre sursauta et leva les yeux, puis, voyant une jeune fille, elle sourit. Ce n'était ni un maniaque, ni un vandale, ni un agresseur potentiel.

— Oui ? dit-elle.

— Je... euh..., je cherche... bredouilla Nathalie, essayant désespérément de se rappeler l'histoire qu'elle avait préparée et qu'elle n'avait pas encore eu besoin d'utiliser. Je suis à la recherche de quelqu'un qui puisse me dire quelque chose au sujet de quelqu'un qui a habité ici il y a longtemps.

— Grands dieux ! Pourriez-vous me répéter cela ?

Pas pour un empire ! songea Nathalie. Cela avait l'air tellement grotesque !

— Excusez-moi, dit-elle en riant. Ma cousine a vécu à Simmons' Mills il y a assez longtemps et comme je devais passer en ville, je me suis dit que je ferais le détour par sa rue pour pouvoir lui dire que j'avais vu son ancienne maison. Mais j'ai oublié de laquelle il s'agissait.

— Comment s'appelait-elle ?

— Jeffries. C'était la maison de M. et Mme Clément Jeffries.

— C'est-à-dire que ce n'était pas leur maison à eux, dit la femme en riant à son tour. Toutes ces maisons-ci sont la propriété de la fabrique. Mais il se trouve que je sais exactement quelle maison ils habitaient, parce que c'est celle où j'habite moi-même à présent. C'est eux qui l'occupaient juste avant que nous n'arrivions. Si je ne me trompe, ils ne sont pas restés longtemps ici, n'est-ce pas ?

— Un an seulement, dit Nathalie en acquiesçant. Mais, euh... ma cousine a gardé d'excellents souvenirs de la maison.

— Eh bien... dit la femme en hésitant, je veux bien vous faire voir l'intérieur de la maison, si vous le souhaitez, mais j'attends des invités pour ce week-end et...

— Ne vous dérangez pas, dit Nathalie. Ce n'est pas nécessaire. Pourrais-je simplement avancer jusqu'au bout de l'allée pour regarder l'extérieur ?

— Bien sûr. En fait, je vais même vous demander si je peux profiter de votre voiture pour remonter jusque-là. Ce n'est pas loin, mais ça grimpe.

Elle s'assit dans la voiture et Nathalie pénétra dans l'étroite allée sinueuse. La bâtisse n'était pratiquement pas visible de la route.

— Elle est énorme, dit la femme. C'est un monstre à entretenir. Ils voyaient tellement grand, autrefois. Toutes ces maisons ont été construites aux environs des années 1880, voyez, à l'époque où les gens avaient des domestiques.

L'allée s'élargit en un petit espace arrondi devant la façade principale. Nathalie stoppa et regarda en l'air, quelque peu impressionnée. Il y avait même des tourelles aux angles. La porte d'entrée était un monument de chêne sculpté d'arabesques compliquées.

— « J'ai longtemps habité sous de vastes portiques... », cita-t-elle en souriant.

— Oui, dit la femme en riant. C'est romantique, pas vrai ? Mais quand il faut y passer l'aspirateur, c'est moins agréable. Mes petits-enfants, eux, sont fous de cette maison. Elle regorge d'escaliers dérobés, de couloirs obscurs, de cachettes et de recoins, et puis il y a les tours, bien sûr. Ils trouvent cela passionnant. Quant à nettoyer tout cela, c'est une autre affaire. Elle poussa un soupir et sortit de la voiture. Eh bien, vous pourrez dire à votre cousine... Comment s'appelait-elle, déjà ?

— Jeffries. Julie Jeffries. Elle est plus âgée que moi, bien sûr. Elle était adolescente quand elle a habité ici.

— Dites-lui que vous avez vu la maison, qu'elle est toujours debout et qu'il y a de la poussière dans tous les coins. J'espère que sa mère avait plus d'énergie que moi.

Nathalie sourit.

— Oui, dit-elle, je ne manquerai pas de le lui dire.

— Vous comptez la voir prochainement ? Je ne me rappelle plus où ils ont déménagé.

Nathalie sourit de nouveau et la salua du geste.

— Merci de m'avoir laissé venir voir. Elle sera enchantée. Je dois la voir cet été. Au revoir !

Elle redescendit l'allée. Dans son rétroviseur, les tourelles disparurent bientôt derrière l'épais rideau de sapins. Oui, je *dois* la voir cet été. Si je parviens à la trouver.

22

— Nathalie, tu es incroyablement idiote.

Nathalie se souleva sur un coude et donna gentiment un coup de poing à Paul. Son travail sur le chantier lui donnait un teint extraordinairement hâlé, tandis qu'elle se sentait pâle et blanche. Son travail à elle, au cabinet, ne lui laissait guère le temps de jouer au tennis ou d'aller à la plage, et il avait plu pendant les deux derniers week-ends.

— Tu attrapes des muscles comme tu n'en as jamais eu, constata-t-elle. Tu deviens un beau grand dieu de bronze. Pourquoi suis-je idiote ?

Il se laissa rouler dans l'herbe et se mit sur le dos. Tous deux étaient occupés à fainéanter dans le jardin des Armstrong, à réfléchir à ce qu'ils allaient faire, à se lancer de temps à autre des phrases qui commençaient par : « Si on allait... ? » Et, en fin de compte, ils n'allaient nulle part et ne faisaient rien du tout. C'était samedi après-midi. Il faisait bon paresser. Être avec Paul, tout simplement. Il y avait un bout de temps qu'ils ne s'étaient pas vus.

— Parce que, dit-il. Dis-moi, il y a combien de temps qu'on s'est parlé pour la dernière fois ?

— Une semaine, fais pas semblant de ne pas savoir. Qu'est-ce que tu as fait de beau pendant tout ce temps ?

— J'ai fait la bombe avec les copains, répondit-il avec un large sourire — ce qui lui valut un nouveau coup de poing.

— Non, sans blague, reprit-il avec sérieux, écoute-moi. J'ai beaucoup pensé à tout ce que tu m'as dit. Tu sais bien, la grande enquête de Nathalie Poirot ?

— Mmmmmmm ?

— Pourquoi est-ce que tu n'as plus rien fait depuis que tu es revenue de cette ville, là-bas — j'ai de nouveau oublié son nom ?

— Simmons' Mills. Parce que je ne sais pas ce que je peux faire de plus.

— Menteuse. Parce que tu as la trouille.

Elle réfléchit à ce qu'il venait de dire.

— Peut-être, finit-elle par admettre. C'est étrange, Paul. J'ai découvert certaines choses, et... C'est presque comme si cela me suffisait. Je commence à me demander si je ne préfère pas *ne pas* connaître la suite. Et maintenant que les choses se compliquent, que je ne sais plus très bien par quel bout reprendre mes recherches, je crois que j'emploie cela comme excuse.

— Alors, tu es prête à laisser tomber ? Tu abandonnes ?

Elle regarda le ciel. Quelques nuages dérivaient lentement, vaguement teintés de gris. Un peu de pluie, sans doute. Pas pour aujourd'hui. Ils disparurent derrière l'épais feuillage de l'érable et le soleil continua à luire sur le gazon et sur leurs pieds nus.

— Non. Elle soupira. Je ne veux pas abandonner.

— Bon, dit-il. J'ai tout prévu. J'ai réfléchi à ce qu'il faudrait que tu fasses.

— Merci, dit sarcastiquement Nathalie, je pense être moi-même une fort bonne détective.

— Ah oui ? Et pourtant, tu n'as pas encore trouvé grand-chose, pas vrai ?

— Ce n'est déjà pas si mal. J'ai découvert qui était ma mère, bon sang de bonsoir ! La seule chose que je ne sache pas encore, c'est *où* elle est maintenant.

— D'accord, d'accord. Écoute-moi. Tu aurais dû aller à l'église épiscopale. Ces gens-là sont tous épiscopaliens.

— Que veux-tu dire, « ces gens-là » ? Moi aussi, je suis épiscopalienne !

— Justement. C'est ce que je voulais dire. Tu dis que c'étaient des gens fortunés. Les riches sont tous épiscopaliens.

— Ah bon ? Va dire ça aux Kennedy [1] ! Maintenant, c'est toi qui es idiot, Paul.

— Peut-être. Mais tu aurais au moins dû essayer. Ils ont certainement fait transférer leur dossier paroissial quelque part.

Nathalie soupira de nouveau.

— Tu as raison. J'aurais dû aller me renseigner dans toutes les églises.

1. La famille Kennedy est une des grandes familles catholiques des États-Unis (N.D.T.).

— Ou bien... dit Paul.

— Ou bien quoi ?

— Ou bien tu aurais pu aller voir quelques-uns de ses anciens professeurs. Tu avais leurs noms dans l'almanach. Ils auraient peut-être pu te dire où elle est allée.

Elle secoua la tête.

— Impossible. J'y avais pensé. Mais ils m'auraient reconnue, Paul. Ils auraient su. Je ne pouvais pas jouer ce tour-là à Julie, où qu'elle se trouve à l'heure actuelle.

Il hocha la tête, mâchonna un brin d'herbe et continua à méditer.

— Ou bien... dit-il de nouveau.

Elle attendit.

— L'école, dit-il. Elle aura fait transférer son carnet scolaire à l'école où elle est allée ensuite.

— J'y avais pensé aussi, grand malin. J'ai téléphoné à l'école avant de quitter Simmons' Mills. Mais c'était fermé. Il n'y avait personne. C'était la fin juin.

— Et maintenant c'est la mi-juillet. Ce n'est pas en restant plantée sur ton gros derrière que tu la retrouveras.

Nathalie le saisit par la taille et se mit à le chatouiller. Il l'attrapa et ils roulèrent tous deux dans l'herbe comme deux jeunes chiots, riant aux éclats, jusqu'à ce que Paul prenne le dessus et la cloue au sol, haletante et criant grâce.

— Paul, dit-elle soudain, pourquoi cherches-tu à m'aider tout à coup ? Tu avais commencé par me dire que c'était ridicule d'entreprendre ces recherches.

Il la lâcha et se laissa tomber dans l'herbe à ses côtés.

— Je ne sais pas, dit-il. Sans doute parce que ça prend des tournures de roman policier et que cela m'excite. Quand je réfléchis aux façons de poursuivre ton enquête, j'oublie le but final.

— Tu veux savoir quelque chose de curieux, Paul ?

— Oui ?

— Pendant que j'étais là-bas, à partir du moment où j'ai découvert qui elle était et l'âge qu'elle avait — et puis surtout quand j'ai vu à quel point elle me ressemblait — c'était vraiment étrange. Tu vois, j'étais là, dans sa ville, devant sa propre maison, et... j'ai commencé à avoir l'impression qu'il s'agissait de moi-même. Je m'imaginais parfaitement transformée en Julie Jeffries, jouant Cléopâtre avec le maquillage et tout le bazar.

Il la regarda, pensif.

— Mouais... Je comprends ce que tu veux dire.

— Et puis tu sais, au début, quand j'ai su ce qui en était, j'ai d'abord été fâchée contre elle. Parce qu'elle était devenue enceinte. Mais plus tard, au moment où j'ai commencé à entrer dans sa peau, je me suis sentie... effrayée, en quelque sorte. Et triste. Comme elle a dû se sentir à l'époque.

— Tu parles ! Dans une ville aussi petite que celle-là, cela a dû être atroce pour elle.

— Je n'arrive pas à comprendre pourquoi elle a fait une chose pareille.

Paul éclata d'un rire bref.

— Tu es complètement dingue, Nat. Pourquoi fait-on ces choses-là ? Parce qu'on aime quelqu'un et qu'on se laisse emporter.

— C'est idiot.

— Ça arrive tout le temps.

— Pas à moi, par exemple. Ni à toi.

— Ne te raconte pas d'histoires, Nat. Tu te rappelles, il y a deux minutes, comme nous étions en train de lutter ? Tu ne t'imagines tout de même pas que je suis un fanatique de la lutte pour le plaisir de la lutte ?

— Si, répliqua Nathalie en lui souriant. Je pensais précisément que tu faisais tes petits exercices d'arts martiaux.

— Des clous, dit Paul. Tu sais très bien que la lutte en soi ne présente pas beaucoup d'intérêt à mes yeux. Mais j'aime te toucher, voilà tout. Ne fais pas l'innocente.

De nouveau, il l'empoigna, par jeu.

— Ne recommence pas ! dit Nathalie en riant. Et, d'une bonne bourrade, elle le repoussa.

— Encore raté, grogna Paul pour rire. Et, arrachant un long brin d'herbe, il se le planta entre les dents et se mit à le mâcher avec force. Passons, dit-il. Tu as compris ce que je voulais dire.

— Que Julie Jeffries était une lutteuse ?

— Qu'elle était un être humain. Comme nous tous.

Ils gardèrent le silence, les yeux rivés vers le ciel.

— Ou bien... dit subitement Paul. J'ai trouvé, Nat ! Il faut téléphoner à la fabrique ! Laisse tomber tout le reste, ils sauront, eux, où sa famille s'en est allée !

23

Le service du personnel de la Société Papetière P.R. Simmons était fermé le samedi. Le téléphoniste expliqua poliment à Nathalie qu'il n'y aurait personne avant lundi matin.

Le lundi, Nathalie travaillait. Le mardi, le mercredi et le jeudi matin, Nathalie travaillait. Le jeudi après-midi arriva.

Nathalie regardait alternativement le téléphone et sa mère, qui était en train de mesurer la maison entière en vue de commander du nouveau tapis plain, et utilisait pour cela la petite règle de vingt-cinq centimètres de Nancy.

— La largeur de la salle à manger, annonça Kay Armstrong, à genoux par terre, est d'environ quatre mètres. Quelques centimètres de plus ou quelques centimètres de moins.

— Maman, dit Nathalie, pourquoi ne vas-tu pas acheter un de ces mètres à rubans métalliques qu'on tire et qui se déroulent de leur boîtier ?

Sa mère n'écoutait pas. Elle s'était remise à manier la petite règle en marmonnant, et en cherchant sincèrement à prendre des mesures précises.

Nathalie ne pouvait pas téléphoner en présence de sa mère. Au cours des semaines qui s'étaient écoulées depuis le début de vacances, ses parents ne lui avaient posé aucune question sur ses recherches. Ils lui avaient dit au revoir quand elle était partie pour Simmons' Mills, ils l'avaient accueillie à son retour — pas une fois ils ne s'étaient enquis de sa destination. Ils lui avaient dit, tout au début, que ce qu'elle trouverait n'avait aucune importance à leurs yeux. Si un jour elle souhaitait leur en parler, ils l'écouteraient.

Le moment n'était pas encore venu de leur dire quoi que ce soit. Nathalie ne s'y sentait pas encore prête.

— Nathalie ? appela sa mère de la salle à manger. Combien mesures-tu ?

— Un mètre soixante-dix, répondit-elle de la cuisine. Pourquoi ?

— Si tu mesurais deux mètres, tu devrais pouvoir te coucher deux fois dans la largeur de la salle à manger et je saurais si j'ai mesuré correctement ou pas.

— Si je mesurais deux mètres, je serais championne de basket-ball !

— Viens là deux minutes, Nat. Allonge-toi avec les plantes des pieds tout contre le mur. Je ferai une marque, puis tu t'allongeras avec les pieds contre le mur d'en face, je referai une marque et il ne me restera plus qu'à mesurer l'espace entre les deux. Cela devrait faire soixante centimètres tout juste.

— Maman ! Prends la voiture, va jusqu'au magasin et achète-toi un mètre métallique. S'il te plaît.

— Bon, dit sa mère en se levant, le sourire aux lèvres. Puisque tu as dit « s'il te plaît »...

Kay prit son sac et ses clés et partit pour le magasin. Nathalie se dirigea vers le téléphone.

— Service du personnel, dit une voix de femme, d'un ton neutre.

— Je voudrais savoir si vous seriez en mesure de me donner des renseignements concernant quelqu'un qui a travaillé jadis chez vous, à la Société Papetière, dit-elle avec nervosité, tout en gribouillant sur un papier.

— Quelle sorte de renseignements vous faudrait-il ?

— Voilà. Je cherche à entrer en contact avec cette personne et comme il s'agit d'un de vos anciens employés, je me demandais si par hasard vous ne sauriez pas où il est allé vivre après avoir quitté Simmons' Mills.

— Je peux toujours chercher si nous possédons ce genre d'information. À quelle époque a-t-il travaillé chez nous et dans quel département ?

— Il était à Simmons' Mills en 1959-1960.

— Seigneur ! cela remonte loin.

— Oui, je sais, je suis désolée. Mais c'est terriblement important pour moi. Par ailleurs, j'ignore dans quel département il travaillait, mais le sais qu'il faisait partie des cadres supérieurs.

— Bien, cela sera moins difficile dans ce cas-là, car nous gardons en effet nos dossiers sur les cadres. Pourriez-vous me donner son nom ?

— Clément Jeffries.

— Un instant, je vous prie.

Il y eut un déclic et un intermède musical automatique se déclencha. Nathalie se crispa. Elle eût préféré le silence. Au lieu de quoi, elle était forcée d'écouter le deuxième Concerto Brandebourgeois de Bach. L'attente lui parut interminable.

Finalement, la voix revint :

— Voilà, j'ai ici le dossier de M. Jeffries. Voyons. Il est arrivé de Détroit, en 1959 et n'est resté qu'un an chez nous, comme vous le disiez. C'est peu courant. Un an, seulement. Je me demande pourquoi... Ah ! voilà. Oui, c'est cela. En quittant Simmons, il est parti pour Philadelphie où on lui offrait un poste aux Manufactures de Wentworth. Évidemment, cela remonte à pas mal d'années. Et je doute franchement qu'il soit encore chez Wentworth. Sans compter qu'à l'heure actuelle il doit avoir largement dépassé l'âge de la retraite.

Nathalie prenait note. Manufactures de Wentworth, Philadelphie.

— Vous n'auriez pas son adresse personnelle, par hasard ?

— Non, malheureusement pas.

— Je vous remercie beaucoup, vous m'avez été d'une grande aide.

Nathalie se versa un verre de Coca et téléphona au service d'informations de Pennsylvanie qui lui donna le numéro des Manufactures de Wentworth. Elle téléphona aussitôt, demanda le service du personnel et recommença ses questions et ses explications. Cette fois, l'attente se passa sans musique. Et l'employé était un homme.

— Clément Jeffries, Clément Jeffries... Oui, le voilà. Il a pris sa pension en 1973. Et ... Oh ! Est-ce que... vous êtes une parente ?

— Oui, mentit Nathalie. Je suis sa nièce. Mais je ne l'ai plus vu depuis très longtemps. J'ai tout à fait perdu sa trace. C'est précisément pour cela que...

— Eh bien, je suis absolument désolé de devoir vous l'apprendre : d'après nos dossiers, Clément Jeffries est mort en 1974.

Nathalie resta muette.

— Allô, Mademoiselle ?

— Oui, oui, je suis là. Excusez-moi. J'étais un peu saisie, évidemment. Est-ce que par hasard vous auriez son adresse personnelle ? Et savez-vous si sa femme — sa veuve, je veux dire — habite toujours à Philadelphie ?

— Non, je regrette. Nous ne possédons pas ce genre de renseignement.

— Je vois. Bien, je vous remercie...

— Mademoiselle ? Un petit instant, je vous prie.

Nathalie attendit.

Une voix de femme vint à l'appareil.

— Allô ?

— Oui ?

— C'est bien au sujet des Jeffries que vous téléphonez ?

— Oui.

— Ici June O'Brien. Je passais tout à fait par hasard dans le bureau du personnel et j'ai entendu la conversation que Bill avait avec vous et je pense que je pourrais peut-être vous aider. Je me souviens très bien de Clément. C'est curieux, je ne le connaissais pas intimement et je ne connaissais pas du tout sa famille, mais il y a parfois de ces coïncidences... Puisque vous êtes de la famille, vous conaissez sans doute sa fille Julie ?

— Oui, murmura Nathalie.

— Eh bien, dans ce cas vous vous rappelez sûrement que Julie était à l'école de Miss Sheridan, dans le Connecticut. Il y a bien longtemps de cela, naturellement. Le hasard faisant que Betsy, ma fille à moi, était également chez Miss Sheridan, un jour au début des vacances, elle a profité de la voiture des Jeffries pour rentrer et je suis allée la chercher chez eux. Ce qui fait que je sais qu'à l'époque ils habitaient à Glen Severn. Bien entendu, j'ignore absolument si Mme Jeffries réside toujours à la même adresse. Cela remonte à... Voyons, Betsy devait avoir seize ou dix-sept ans, et — mon Dieu ! Comme le temps passe ! — elle a cinq enfants maintenant, donc vous voyez que...

— Pourriez-vous m'épeler Glen Severn, je vous prie ?

La dame le lui épela, Nathalie la remercia vivement et lui dit au revoir.

La compagnie des téléphones n'avait aucun abonné du nom de Jeffries à Glen Severn, Pennsylvanie.

« Miss Sheridan », avait-elle encore noté. Dans le Connecticut. Mais *où* dans le Connecticut ? Et puis, y aurait-il quelqu'un dans cette école au mois de juillet ? Elle téléphona à la Bibliothèque Publique de Branford. En consultant leurs livres de référence, ils purent localiser Miss Sheridan : à Westgarden, Connecticut. Elle appela le service des informations qui lui donna le numéro de téléphone.

Elle se versa encore un verre de Coca, ôta ses chaussures et forma le numéro de Miss Sheridan en touchant du bois de l'autre main.

— Allô, ici l'École de Miss Sheridan.

C'est drôle comme les inflexions de voix changent, se dit Nathalie. Cette personne-ci prononce « allô » en trois syllabes. Miss Sheridan doit être une école vachement huppée.

Elle recommença sa litanie de mensonges. Elle cherchait une cousine dont elle avait perdu la trace. Julie Jeffries. Elle devait avoir terminé l'école vers... 1962, sans doute.

La dame à l'autre bout du fil était aimable et de très bonne humeur.

— Eh bien, dit-elle, vous êtes tombée sur la personne qu'il vous fallait : je suis justement la secrétaire des élèves et anciennes élèves. Patientez une petite minute, je vais voir.

Ce fut une longue minute. Nathalie buvait son Coca à petites gorgées et dessinait des têtes sur sa feuille de papier. Des têtes de filles à longs cheveux noirs avec une frange.

— Allô ? (De nouveau en trois syllabes.) Oui, j'ai trouvé. Julie Jeffries. J'ai sorti également l'almanach de 1962 pour voir sa photo. Effectivement, c'est bien cette année-là qu'elle a terminé l'école. Seigneur ! C'était une bien jolie jeune fille, n'est-ce pas ? Il est marqué sous sa photo qu'elle se destinait à devenir mannequin. La femme étouffa un petit rire. Voilà qui est fort peu habituel parmi les jeunes filles qui sortent de chez Miss Sheridan. Je me demande si elle sera parvenue à ses fins.

« Ceci dit, je suis vraiment désolée, mais nous n'avons aucune adresse récente. Elle n'a jamais répondu à nos convocations aux réunions d'anciennes. Vous savez comment cela va, il y a certaines élèves qui ne donnent plus jamais aucun signe de vie. Elles se marient ou prennent un travail et ne sont plus intéressées...

— Quelle est la dernière adresse que vous ayez ?

— Voyons... À Glen Severn, Pennsylvanie. Peut-être que sa famille réside toujours là-bas ? Vous pourriez les appeler et leur demander le renseignement.

Nathalie soupira, la remercia et raccrocha.

Ensuite, elle resta assise pendant un long moment au téléphone à couvrir de cercles et de lignes les espaces restés vierges sur son papier. On croit qu'on y est, ruminait-elle intérieurement, désappointée, et puis on constate qu'on n'est encore nulle part. C'est comme ces cauchemars où on court après quelque chose qui s'éloigne de plus en plus chaque fois qu'on est sur le point de l'attraper.

Je devrais tout laisser tomber. Je ne sais plus que faire d'autre. C'est *elle* qui ne veut pas que je la trouve.

Idiote, avait dit Paul. Tu aurais dû essayer l'église.

Après tout, songea Nathalie, « dans le doute ou la difficulté, adresse-toi à ton église ». Je peux toujours essayer.

Elle téléphona aux informations et obtint le numéro de téléphone de la seule église épiscopale de Glen Severn, Pennsylvanie.

— Saint-Barthélemy, dit une voix agréable.

(C'est à quel sujet ? songea Nathalie. Est-ce pour une prière, un cantique ou un bref sermon ? — Ou plutôt pour une mère perdue depuis longtemps...)

Elle plongea une fois de plus dans sa série de mensonges. Il s'agissait d'une famille du nom de Jeffries. Elle n'était pas tout à fait sûre qu'ils étaient bien épiscopaliens, mais elle avait pensé que peut-être...

La femme l'interrompit brusquement :

— Mais c'est de Margaret que vous voulez parler ! Mon Dieu, quelle extraordinaire coïncidence, je viens justement de recevoir une carte d'elle, l'autre jour ! Attendez, elle est sur mon bureau. Voilà. Qu'est-ce qu'il vous faut, son adresse, son numéro de téléphone ou les deux ?

Nathalie avala sa salive.

— Un instant, est-ce que nous pensons bien à la même personne ? dit-elle. La personne que je cherche est Mme Clément Jeffries.

— Oui, c'est bien cela, nous sommes amies depuis des éternités. Vous ne pouvez pas savoir comme j'ai été triste quand elle a déménagé ! Pensez, c'est même dans cette église-ci que Julie s'est mariée ! Mais vous comprenez, après la mort de Clément...

— Oh, attendez ! Excusez-moi de vous couper la parole, mais en fait c'est Julie que je recherche. Est-ce que par chance vous auriez également...

— Oh ! je regrette infiniment, je n'ai pas les coordonnées de Julie. Mais je vais vous dire comment atteindre Margaret et elle vous mettra en contact avec Julie.

— Merci beaucoup.

Nathalie reprit son stylo à bille et écrivit soigneusement à mesure que la femme parlait. Margaret Jeffries était retournée à Detroit, là où elle avait vécu avant d'aller habiter à Simmons' Mills. Avant d'emmener Julie passer un an à Simmons' Mills. Avant que Julie...

Elle prit bien note, dessina une boîte tout autour, dessina des flèches dirigées vers la boîte, remercia la femme, raccrocha, considéra longuement le nom de Margaret Jeffries, réalisa que c'était sa propre grand-mère et, fondant en larmes, se sentit incapable de reprendre le cornet du téléphone.

24

Ils étaient occupés à dîner quand le téléphone sonna à la cuisine. Le Dr Armstrong poussa un soupir.

— Je ne suis pas de garde, ce week-end, dit-il. J'ai envie de regarder la télévision ce soir. Ce ne peut pas être pour moi.

— Ni pour moi, dit Nancy, la bouche pleine. Je me suis disputée avec Steve et je viens de parler à Debbie et...

— *J'y vais,* dit Kay en posant sa fourchette. La personne pour qui ce sera me devra une fière chandelle.

Ils l'entendirent parler doucement dans la cuisine, pendant assez longtemps. Puis ils l'entendirent reposer le récepteur. Puis, plus rien.

— Maman ? appela Nathalie. Tu reviens ?

Sa mère reparut à la salle à manger, pâle, marchant comme une aveugle — précautionneusement, sans voir les objets familiers, mais sans les heurter. Elle se rassit.

— C'est Tallie, dit-elle d'une petite voix d'enfant. Je ne sais pas, je n'aurais jamais cru... Elle prit une grande respiration. Je suis tellement bouleversée, j'avais toujours pensé à Tallie comme étant... Oh ! Alden, elle est très malade. C'est un médecin de Bar Harbor qui téléphonait.

« Je vais essayer de me rappeler exactement ce qu'il m'a dit. Cela a été un tel choc de l'entendre. Oh, Tallie !

« C'était le Dr Baldwin. Stan Baldwin. Il a dit qu'il te connaissait, Alden.

Le Dr Armstrong acquiesça.

— C'est un type bien. Qu'a-t-il dit au sujet de Tallie ?

— Elle a une pneumonie. Heureusement, elle a eu le bon sens d'appeler quelqu'un — quel bonheur que nous ayons fait placer le téléphone chez elle, Alden, imagine-toi si... — Elle s'interrompit et frissonna. Enfin, Sonny est allé la chercher sur l'île et l'a ramenée à l'hôpital de Bar Harbor. Ils ont fait une radiographie et des analyses de sang ; elle a une pneumonie lobaire. Aux deux poumons. C'est très grave, Alden ?

— Ce peut l'être, Kay. Mais elle est dans un bon hôpital et entre les mains d'un bon médecin. Qu'a-t-il dit d'autre ?

— Pas grand-chose. Sa température a déjà un peu baissé. Ils lui ont placé une intraveineuse et ils lui administrent aussi de la pénicilline. Évidemment, elle leur a dit de ne pas nous déranger, mais je lui ai dit que je viendrais.

— Je t'y conduis, Maman, s'écria Nathalie.

Kay Armstrong regarda autour d'elle, hésitante.

— Nancy, pourras-tu te débrouiller toute seule avec Papa ? Mais que je suis bête. Bien sûr que oui. Merci, Nat. Nous pouvons partir dès demain matin à la première heure et être là-bas vers midi.

— Comment était-elle, lorsque tu l'as vue, il y a un mois, Nathalie ? demanda son père.

— En grande forme, Papa, dit Nathalie en souriant. En excellente santé, pleine de vigueur. Nous nous sommes même baignées, alors que l'eau était glacée. Elle m'a dit qu'elle était impatiente de devenir une superbe vieille dame. Mais je t'assure qu'elle n'avait encore rien d'une vieille dame quand je l'ai vue.

À présent, dans son lit d'hôpital, Tallie paraissait son âge. Elle était vieille — et petite. Les lits d'hôpital ont la propriété de rapetisser les gens, songea Nathalie. Ce n'est pas juste de les diminuer de la sorte.

Tallie avait le cœur gros de chagrin.

— Je me sens tellement ridicule, dit-elle faiblement, en serrant leurs mains dans les siennes. Et c'est tellement moche que vous soyez venues d'aussi loin pour me trouver dans un tel état. Mais j'avoue que je suis heureuse que vous soyez là. Je me sens déjà mieux, rien qu'à vous avoir toutes les deux auprès de moi.

— Ne parle pas, Tallie, dit Kay en caressant les cheveux de sa mère. Repose-toi. Je vais allez voir si je peux trouver le Dr Baldwin et lui parler un instant. Toi, Nat, reste là et tiens-lui compagnie, mais ne la laisse pas parler, O.K. ?

Elle quitta la chambre.

— Comment est-ce que cela progresse, Nathalie ? demanda Tallie dès qu'elles furent seules. Je suis terriblement curieuse, j'espérais que tu m'écrirais.

— Chut ! dit Nathalie. Maman a dit que tu ne devais pas parler.

— Oh, flûte ! dit Tallie. Je me sens déjà mieux, maintenant que je peux enfin m'intéresser à quelque chose. Tu ne peux pas t'imaginer à quel point un hôpital peut être ennuyeux. Et hideux ! Regarde-moi ces abominables murs verts, Nathalie ! Et maintenant, dis-moi où tu en es.

Nathalie s'assit.

— Eh bien, tout cela est très étrange, Tallie. J'ai fait un très long voyage, jusqu'à la ville où je suis née. Et j'y ai découvert tout un tas de choses, sur la ville et sur ma mère. Elle s'appelait Julie.

Tallie leva un sourcil.

— Pas mal, comme nom. Je parie qu'elle était jolie, non ?

Nathalie sourit.

— J'ai vu des photos d'elle, Tallie. Elle me ressemblait très fort, mais en même temps elle était différente. Elle était très, très jolie — évidemment, cela sonne plutôt prétentieux de dire cela, maintenant que j'ai dit qu'elle me ressemblait.

— Ne sois pas sotte, dit Tallie en riant. En quoi était-elle différente ?

Nathalie réfléchit.

— C'est difficile à dire. Je ne le sais pas encore exactement moi-même. Mais il y avait quelque chose en elle qui n'allait pas avec cette petite ville. Sur la plupart des photos, elle était souriante, et pourtant il y avait quelque chose qui clochait.

— Elle était enceinte, dit Tallie en pouffant, voilà ce qui clochait.

— Non, dit Nathalie en secouant lentement la tête. Avant cela. Cela se voyait sur les photos : elle n'était pas pareille aux autres filles, à toutes celles qui fréquentaient la même école qu'elle, à celles qui habitaient dans ce patelin. Même avant qu'elle ne devienne enceinte.

— Et où est-elle, à présent ? demanda Tallie, les yeux brillant d'intérêt.

Nathalie poussa un gros soupir.

— Je ne sais pas. Elle est partie peu après ma naissance. Sa famille entière a déménagé. Je crois pouvoir découvrir où elle habite — je n'aurais qu'un seul coup de fil à donner, mais je ne suis pas encore parvenue à m'y résoudre. Je ne sais pas très bien pourquoi. Tout à coup, j'hésite à faire intrusion dans sa vie.

Tallie se reposait, tout en méditant.

— Tu sais, Nat, finit-elle par dire, si tu ne le fais pas, à présent que tu es allée aussi loin, tu le regretteras.

— Je sais. Mais on dirait que... En quelque sorte, je me suis prise d'affection pour elle, Tallie.

— Tu n'as tout de même pas peur de te mettre à l'aimer plus que tes parents ?

Nathalie éclata de rire.

— Non, ce n'est pas cela. Pour être tout à fait honnête, je n'arrive même pas à penser à elle comme à ma mère. Je pense à elle comme à... C'est vraiment étrange, Tallie...

— Tu penses à elle comme si elle était toi-même. Cela n'a rien d'étrange. Mais tu as peur d'être déçue.

— Oui. Je crois que c'est exactement cela.

— Nathalie, va la voir. Même si tu es déçue, tu ne le regretteras pas. Moi, Tallie Chandler, je te le garantis.

Nathalie resta silencieuse pendant quelques secondes, puis elle hocha la tête.

— O.K., dit-elle. Et toi, Tallie, prends soin de toi. Tu iras beaucoup mieux dans quelques jours. Voilà ce que moi, Nathalie Armstrong, je te garantis.

Elles échangèrent un sourire.

Nathalie et sa mère restèrent quatre jours à Bar Harbor. Tallie reprenait des forces. Le quatrième jour, le Dr Baldwin annonça que ses poumons étaient complètement dégagés et qu'elle était afébrile depuis vingt-quatre heures.

— Qu'est-ce que cela signifie ? demanda Nathalie.

— Qu'elle n'a plus de fièvre. Qu'elle va bien, dit le médecin. Elle a une solide constitution. Mais elle va encore être faible pendant un certain temps. Elle ne peut pas retourner toute seule sur son île. Pourriez-vous la prendre chez vous, à Branford, le temps nécessaire ?

— Elle n'acceptera jamais, dirent en chœur Nathalie et sa mère.

— Je m'en doutais, dit le Dr Baldwin, riant. J'ai tenu à vous en parler malgré tout, mais sans y croire beaucoup. Voilà deux jours qu'elle ne me parle plus que de revoir son île. Apparemment, il va bientôt être temps de cueillir les myrtilles.

— Eh bien, dit Kay Armstrong avec lenteur, cela fait des années que je n'ai plus fait la cueillette des myrtilles. Je vais l'accompagner là-bas et rester avec elle pendant quelque temps. Qu'en penses-tu, Nat ? Vous pourrez vous en sortir à la maison, Nancy et toi, pas vrai ? Vous veillerez à ne pas laisser Papa mourir de faim ?

Nathalie acquiesça.

Après avoir installé sa mère et sa grand-mère dans la maison de l'île et après leur avoir fait promettre à toutes deux de téléphoner s'il y avait le moindre problème, elle retourna seule à Branford.

25

Nathalie réalisa bientôt qu'il était moins facile de tenir une maison que sa mère ne l'avait laissé croire. Nancy l'aidait. Plus exactement, Nancy promettait gaiement de l'aider et puis, quand Nathalie rentrait du cabinet, le soir, elle trouvait la vaisselle du petit déjeuner dans l'évier de la cuisine et la viande du dîner dure comme pierre dans le congélateur. Et Nancy de lui annoncer tout aussi gaiement qu'elle avait oublié.

— Comment as-tu pu oublier que nous devions dîner ce soir ? demanda Nathalie avec humeur.

— À vrai dire, je faisais du baby-sitting chez les Kimball, répondit Nancy, insouciante. Et puis, je n'ai pas l'habitude d'être une domestique.

Nathalie avait mal aux pieds. Elle avait passé la majeure partie de la journée debout au laboratoire du cabinet.

— Eh bien, il serait temps que tu t'y habitues, dit-elle. Moi, je n'ai pas l'intention de m'occuper toute seule du ménage.

Nous sommes toutes les deux des enfants gâtées, songea Nathalie en voyant Nancy se mettre de mauvaise grâce à remplir le lave-vaisselle. Maman donne toujours l'impression que tout est facile et amusant — alors que c'est tout le contraire. Tous ces vêtements sales qu'on retrouve dans le panier à linge chaque matin. Je ne m'étais jamais rendu compte que Nancy et moi possédions une telle quantité de vêtements. Et Papa ! Il est encore pire que nous. Je n'avais jamais remarqué, avant, qu'il laisse toujours son pyjama par terre dans sa chambre à coucher. Tous les matins. Comment Maman supporte-t-elle cela ?

— Tout se passe bien à la maison ? demanda Kay Armstrong au téléphone — et, sans attendre la réponse, elle enchaîna : C'est fou ce que nous nous amusons bien ensemble, Tallie et moi. Ce matin, nous sommes allées cueillir des myrtilles et, cet après-midi, j'ai fait des tartes pendant qu'elle se reposait. Ce soir, nous pourrons écouter des symphonies tout en dégustant de la tarte aux myrtilles et du thé.

— Tout va très bien, Maman, dit Nathalie. Je ne sais pas ce que nous allons faire ce soir (Si, je le sais. La vaisselle et la lessive d'hier soir), mais de toute façon on pensera à toi. Donne un gros baiser à Tallie de ma part.

— D'accord. Nancy est là ?

— Non, elle est allée à la bibliothèque avec Steve (et si elle n'est pas rentrée pour neuf heures pour m'aider à plier le linge, je lui tordrai le cou).

— Eh bien, je suis heureuse d'apprendre que vous vous débrouillez bien. Je crois que je resterai encore une ou deux semaines ici. Vous téléphonerez s'il y a un problème, Nat, n'est-ce pas ?

— Bien sûr, Maman. Amuse-toi et prends bien soin de Tallie.

Le jeudi après-midi, Nathalie rédigea un pense-bête qu'elle afficha à la cuisine :

À TOUS ET À CHACUN

Pouvez-vous faire l'effort de mettre votre vaisselle du petit déjeuner dans le lave-vaisselle, tous les matins ?

Et de plier votre pyjama en vous levant, et de faire votre lit ?

Et de remettre le lait dans le réfrigérateur quand vous n'en avez plus besoin ?

Et d'être à l'heure aux repas, ou sinon de prévenir par téléphone ?

Quelle horreur, songea-t-elle soudain. Voilà que je deviens une ronchonneuse de premier ordre, une emmerdeuse et une faiseuse de pense-bêtes. Et dire que c'est une des choses que j'appréciais chez nous quand j'étais petite : jamais Maman ne nous a fait un seul pense-bête, jamais une seule liste intitulée « Répartition des tâches ». Jamais, nous n'avons dû mettre une croix sur un papier après avoir débarrassé la table — comme cela se faisait chez toutes mes amies.

(À vrai dire, nous ne débarrassions pas souvent la table...)

C'est drôle. Connaissant Tallie, je suis sûre qu'il n'y avait pas non plus de « Répartition des tâches » chez elle. Et probablement que Maman ne débarrassait pas souvent la table elle non plus, quand elle était petite. À présent, c'est nous qui sommes négligentes. Les défauts et les imperfections se passent décidément d'une génération à l'autre.

Dieu merci ! les bonnes choses se transmettent, elles aussi ! se dit-elle en pensant avec plaisir à la spontanéité et à la bonne humeur qui régnaient toujours chez eux : c'était Tallie qui avait légué cela à sa fille et, à son tour, Kay faisait ce cadeau à sa famille.

Je me demande à quoi ressemblait la mère de Julie, songea soudain Nathalie.

Elle alla vers le téléphone et appela Margaret Jeffries.

26

Malgré la distance qui séparait le Michigan du Maine, la voix qui lui répondit était parfaitement claire. Claire, agréable, teintée de surprise. Nathalie s'embarqua dans une nouvelle série d'explications et de mensonges.

— Mme Jeffries, dit-elle, vous ne me connaissez pas : je suis une ancienne amie de Julie, nous étions ensemble à l'école de Miss Sheridan. Je serais heureuse de pouvoir reprendre contact avec elle, si vous aviez la gentillesse de me donner son adresse.

— Mon Dieu ! Vous ne l'avez plus vue depuis lors ?

— Non, dit Nathalie. (Pourvu que ma voix lui paraisse mûre, souhaita-t-elle dans son for intérieur. Quelquefois, les patients de son père qui lui avaient parlé par téléphone étaient surpris de la voir et de constater qu'elle n'avait que dix-sept ans. À l'entendre, ils l'avaient crue plus âgée.) Nous nous sommes perdues de vue après la fin de nos études.

— Oui, mais quant à la *voir*, reprit Mme Jeffries en riant, vous l'avez évidemment *vue* à de nombreuses occasions !

— Non, dit Nathalie, sans comprendre.

— Je veux dire dans les revues.

Nathalie ne répondit pas tout de suite.

— Je ne comprends pas, dit-elle. Voulez-vous dire qu'elle est effectivement devenue mannequin ? Je me rappelle que c'était son rêve.

— Oh, mais oui ! Je suis même très étonnée que vous ne le sachiez pas. Elle a été tellement connue, à une certaine époque ! Sans exagérer, il y a eu un moment où je ne pouvais pas passer devant un kiosque à journaux sans voir le visage de Julie !

— Je l'ignorais, dit lentement Nathalie. Je ne suis sans doute jamais tombée sur sa photo. Ou bien je ne l'aurai pas remarquée.

— Vous avez certainement dû la voir et ne pas vous en rendre compte. Elle travaillait pour *Vogue, Harper's Bazaar, Mademoiselle* — où elle a deux fois fait la couverture — et puis...

Nathalie s'assit par terre à côté de la table du téléphone et continua à écouter d'une oreille l'incessant bavardage de Mme Jeffries énumérant les succès professionnels de Julie. J'ai peut-être vu le visage de ma mère quand j'étais petite, songea-t-elle, sa photo a peut-être figuré sur la couverture d'un magazine que j'aurai vu traîner sur une table à la maison ou dans la salle d'attente de mon père, et je ne l'ai jamais su. Elle était là, elle faisait partie de mon environnement quotidien et je n'en savais rien.

— ... et j'ai toujours été tellement heureuse qu'elle n'accepte pas de travailler pour ces autres revues, vous savez, ces magazines pour hommes. Elle aurait parfaitement pu, on lui a fait des ponts d'or pour qu'elle veuille bien... euh...

— Oui, dit Nathalie avec un sourire. Je vois.

— Elle travaille encore un peu, de temps à autre. Mais, bien sûr, ses enfants lui prennent beaucoup de temps.

— Ses enfants ?

— Oh oui, dit fièrement Mme Jeffries. J'ai deux petits-fils ! Gareth a six ans et Cameron vient de fêter ses deux ans il y a un mois. Je lui ai fait un pull, et puis je lui ai envoyé quelques jouets également. Vous savez, les petits garçons n'aiment pas recevoir des vêtements pour leur anniversaire. Alors je...

Ainsi, songea Nathalie, j'ai des frères. Des frères... Des demi-frères, sans doute ? À moins que nous n'ayons le même père. À moins que Julie n'ait épousé le garçon qui était mon père.

— Mme Jeffries, coupa-t-elle soudain, pourriez-vous me donner son nom d'épouse, je vous prie, et son adresse ?

— Oh, mais bien sûr ! Mon Dieu, je me laissais emporter, n'est-ce pas ? Elle s'appelle Julie Hutchinson, à présent. Vous prenez note ? Mme E. Phillips Hutchinson. Phillips, avec deux L, et un S au bout : c'est un prénom de famille. Julie l'appelle Phil, bien sûr.

— Bien sûr.

Après avoir inscrit le nom, Nathalie l'entoura d'un cercle. Son petit carnet était rempli de noms écrits à la hâte, de numéros de téléphone, d'adresses — et de dessins griffonnés dans les marges par impatience et par dépit. Autant d'indices. D'impasses. Et à tout cela venait de s'ajouter le nom de Mme E. Phillips Hutchinson. Elle traça un deuxième cercle autour et mit deux points d'exclamation.

Mme Jeffries lui donna l'adresse — dans la 79e Rue Est, à New York — et Nathalie la nota avec soin sous le nom.

New York. Aux antipodes de Simmons' Mills...

— Je serais enchantée de continuer à papoter avec vous, dit Mme Jeffries, mais j'ai peur d'être en retard à ma partie de bridge. Embrassez Julie de ma part quand vous la verrez, voulez-vous ? Je suis ravie que vous m'ayez appelée.

Moi aussi, songea Nathalie après avoir raccroché. Elle demeura longuement immobile, à considérer le nom qu'elle venait d'inscrire dans son carnet. Dans son esprit, l'image de l'adolescente de quinze ans aux cheveux sombres et au visage craintif avait fait place à celle d'une très belle femme mûre, sûre d'elle. D'une mère. (De nouveau. Encore toujours.)

La porte arrière s'ouvrit avec fracas et Nancy entra en trombe à la cuisine, une raquette de tennis à la main, les cheveux humides et plus frisés que jamais, ses taches de rousseur ressortant sur son nez et ses pommettes malgré son bronzage.

— J'ai battu Steve, annonça-t-elle, rayonnante. Deux sets. Il est furieux. Pourquoi est-ce que tu es assise par terre avec cet air niais ?

— Nancy, dit Nathalie en souriant elle aussi, ma vieille Nancy, ce week-end c'est toi qui vas t'occuper de la cuisine, de la vaisselle, de la lessive et de toutes ces choses passionnantes.

Nancy haussa les épaules.

— O.K., pas de problème. Pourquoi ?

— Parce que *moi,* dit Nathalie en respirant profondément, je vais à New York.

27

À New York, tout était nouveau pour Nathalie. Elle n'y était encore jamais allée. La chaleur de ce début d'août montait en vibrant des trottoirs. Des grappes de taxis jaunes s'aggloméraient aux coins des rues en klaxonnant. Les piétons étaient en nage et énervés.

Au sortir du taxi qui l'avait amenée de l'aéroport jusqu'au centre de la ville, Nathalie s'était arrêtée un instant sur le trottoir. Heureusement que je ne suis pas venue ici avec ma voiture ! songea-t-elle. Je ne m'en serais jamais tirée. J'aurais fait une dépression nerveuse. J'aurais tout bonnement arrêté l'auto n'importe où, au beau milieu d'une rue, et je me serais mise à pleurer.

À cet instant, elle entendit pleurer à côté d'elle. C'était une petite fille en robe fleurie qui attendait à la main de sa mère que le feu passe au vert pour les piétons.

— Tu me fais manquer toutes mes émissions ! gémissait-elle.

— Chut ! répliqua la mère. Tu aimeras beaucoup le musée.

— Je *déteste* les musées ! pleurnicha l'enfant.

Quand les feux changèrent, les taxis stoppèrent brutalement, dans de grands crissements de pneus. La mère secoua la petite fille et traversa la chaussée.

Nathalie leva les yeux. Autour d'elle, les immenses gratte-ciel semblaient se rejoindre en de fausses perspectives déformées, avec le ciel pour toile de fond, et réfléchissaient la chaleur par leurs milliers de mètres carrés de fenêtres. Personne d'autre ne regardait en l'air. Les foules passaient sans fin, les yeux fixes. Trois hommes d'affaires en costume strict conversaient en une langue qui ressemblait à du russe. Une grande femme noire au crâne complètement rasé marchait avec langueur en tenant en laisse un tout petit chien.

De l'autre côté de la Cinquième Avenue, Central Park. Une brèche de verdure et d'or au milieu de cette cité de béton et d'acier. C'était comme si un sourire de chair était apparu sur le visage pétrifié d'une statue. Il faisait tellement chaud, ce vendredi, qu'il y avait foule au parc. De l'endroit où elle était — juste devant son hôtel — Nathalie entendait se mêler les cris exubérants des enfants, le bruissement discret des bicyclettes, les brefs aboiements des petits chiens tenus en laisse et le clopinement modéré des chevaux qui, coiffés de vieux chapeaux de paille, tiraient avec lenteur des fiacres remplis de touristes, sans faire attention aux taxis, aux autobus ni aux passants.

— Permettez, Mademoiselle ? demanda le portier en uniforme en se penchant avec un sourire vers la valise de Nathalie.

— Merci, répondit-elle. Et elle le suivit dans le hall de l'hôtel.

Elle avait trouvé cet hôtel en consultant l'annuaire de New York, à la bibliothèque de Branford, et elle l'avait choisi parce qu'il était situé assez près de l'appartement de Julie Hutchinson. Mais les prix ne sont pas indiqués dans les annuaires, et elle grimaça intérieurement en constatant qu'elle avait réservé une chambre dans l'un des vieux hôtels les plus chics de Manhattan. Ce ne serait pas sept dollars la nuit, comme chez Anna Talbot ! « Petit déjeuner inclus »...

Ici, elle pourait s'estimer très heureuse si elle parvenait à obtenir le petit déjeuner tout seul pour sept dollars.

Nathalie eut une bouffée de gratitude pour son père qui avait si généreusement mis à sa disposition un compte bancaire destiné à financer un projet qu'il ne comprenait pas.

Toujours à la suite du portier, elle monta un court escalier recouvert de tapis, passa devant une petite fontaine entourée de plantes en fleurs, sous des lustres de cristal qui pendaient comme des boucles d'oreilles de diamant du haut des lointains plafonds, puis devant deux femmes qui parlaient en français à leur sémillant caniche. Il régnait une fraîcheur et un silence impersonnels. Ici, contrairement au parc où la chaleur et la vie vibraient à qui mieux mieux, tout était étouffé, efficace, élégant, comme enrobé de glace.

On est loin de Branford, ici, songea Nathalie. Et bien plus loin encore de Simmons' Mills...

Après avoir défait sa valise et passé quelques instants à regarder de sa fenêtre l'incessante activité qui bouillonnait dans le parc, Nathalie prit l'ascenseur pour redescendre et, dans le hall de l'hôtel, elle s'approcha du comptoir de la réception et s'adressa à la femme alerte et bien habillée qui avait enregistré son arrivée un peu plus tôt.

— Pourriez-vous m'expliquer comment trouver cette adresse, je vous prie ? demanda-t-elle timidement en lui montrant la carte sur laquelle elle avait noté l'adresse de Julie Hutchinson. Puis-je éventuellement m'y rendre à pied ?

— Oh ! il me semble que oui, à moins que vous ne soyez très pressée, répondit la femme. C'est entre Madison et le parc — plus près du parc. Vous connaissez New York ?

Nathalie secoua la tête en souriant. Elle ne voit donc pas les brins de foin que j'ai encore dans les cheveux ? songea-t-elle.

— Eh bien, vous êtes ici au coin de la Cinquième Avenue et de la 65e Rue. Prenez la Cinquième Avenue vers le nord jusqu'à ce que vous arriviez à la 79e Rue. C'est-à-dire là où se trouve le Metropolitan. Elle regarda Nathalie en quête d'un signe d'assentiment — mais le regard de Nathalie n'exprimait rien.

— Vous ne connaissez pas le Metropolitan ? Le grand musée de peinture ?

Nathalie secoua la tête.

— Seigneur ! Si vous avez un peu de temps pendant votre séjour à New York, ne manquez pas d'y aller. Ce mois-ci, il y a justement une exposition spéciale consacrée aux Impressionnistes. Tenez, voilà une brochure pour vous.

La réceptionniste lui tendit un dépliant de papier fort avec, sur la couverture, la reproduction d'un tableau aux tons pastels et flous, représentant une femme et un enfant.

— Revenons à nos moutons, dit la femme. Quand vous arriverez à la 79e Rue, à la hauteur du musée, tournez à droite. Longez un bloc, traversez Madison Avenue et dans le second bloc, presque à Park Avenue, vous trouverez cette adresse.

— Merci beaucoup.

— Je ne pense pas que vous puissiez vous tromper. Si jamais vous êtes perdue, prenez un taxi, ajouta la femme avec un sourire.

Au secours ! songea Nathalie, en proie à une panique subite. Suis-je censée lui donner un pourboire ? J'en ai donné à tous les autres, au chauffeur du taxi, au portier, au chasseur...

Mais la réceptionniste s'était aimablement détournée et parlait déjà à un petit homme propret en costume rayé qui venait demander si on n'avait pas apporté un télégramme d'Oslo pour lui. Nathalie sortit dans la rue et commença à remonter la Cinquième Avenue vers le nord.

28

J'y suis, songea-t-elle, et comme d'habitude je ne sais pas que faire.

Hésitante, au bord du large trottoir, elle leva pour la xe fois les yeux et examina l'immeuble. C'était un immeuble à appartements, plus ancien que beaucoup d'autres dans le quartier, plus petit que la plupart et extrêmement élégant. Un portier à cheveux gris vêtu d'un uniforme vert à boutons de cuivre se tenait à l'entrée et échangeait quelques paroles avec les personnes qui entraient ou sortaient. Il aida une jeune femme en uniforme blanc à sortir un landau de style anglais ; ils se dirent quelques phrases en riant, puis elle s'en alla en direction de Central Park avec la voiture d'enfant. Un taxi arriva : il alla ouvrir la portière, se chargea des colis marqués au nom d'un magasin de grand luxe et aida l'occupante du taxi — une dame d'âge moyen vêtue d'une robe de toile bleu profond — à sortir, puis il l'escorta à l'intérieur de l'immeuble. En passant, il jeta à Nathalie un regard empreint de curiosité.

Il faut que je m'en aille, se dit Nathalie. Si jamais Julie Hutchinson sortait de là, je tomberais dans les pommes.

Elle retourna lentement vers la Cinquième Avenue, tout en feuilletant machinalement la brochure du Metropolitan Museum. À la dernière page étaient indiquées les heures d'ouverture du musée, et il était également mentionné qu'il y avait un restaurant à l'intérieur. Brusquement, Nathalie se sentit affamée. Il était déjà deux heures Elle avait quitté le Maine très tôt le matin et n'avait donc rien avalé depuis l'aube.

Traversant Madison Avenue, elle marcha vers la Cinquième Avenue — vers le musée. Quel plaisir d'enfin avoir un but bien précis, se dit-elle, même si ce n'est que pour aller manger !

Assise devant sa salade et son thé glacé, non loin d'une large vasque peu profonde entourée de sculptures hautes et fines, elle passa en revue toutes les possibilités qui se présentaient.

Je pourrais retourner là-bas et lui rendre visite, tout simplement. Mais je mourrais de peur. Et puis, ce ne serait pas gentil d'arriver à l'improviste, sans le moindre avertissement. Idée rejetée.

Je pourrais rentrer à l'hôtel et lui téléphoner. Mais cela aussi me fait peur. Comment ferais-je pour m'expliquer par téléphone ? Elle risquerait de me raccrocher au nez.

Je pourrais lui écrire un mot. J'aurais dû le faire avant de venir. Mais j'avais peur qu'elle ne me réponde pas. Si je poste ma lettre maintenant, elle la recevra demain. Probablement. Je lui demanderais de m'appeler, je lui dirais que je suis venue de loin. Elle aurait le temps de réfléchir un peu, et puis elle téléphonerait.

Mais si la lettre n'arrivait pas demain ? Après-demain c'est dimanche. Pas de courrier. Et c'est dimanche que je dois repartir, de toute façon.

Je ne peux pas risquer d'avoir fait ce voyage pour rien. Il faut que je fasse *quelque chose.*

(Je pourrais rester là où je suis, entourée de sculptures et de gens et me mettre à pleurer. Si je me laissais aller, c'est ce qui arriverait.)

Soudain, l'inspiration lui vint, aussi rapide et aussi claire que les gouttes d'eau qui coulaient des fontaines dans la large vasque, et elle sut ce qu'elle allait faire.

Je vais écrire un mot que j'irai donner au portier en uniforme vert. Après quoi, je rentrerai à l'hôtel et j'attendrai son coup de fil.

Et si jamais elle n'appelait pas ?

Elle appellera. Elle est ma mère.

Il n'y avait plus personne qui attendait que les tables se libèrent : il était déjà trois heures et la grande affluence du déjeuner avait passé. Nathalie prit un deuxième thé glacé et sortit de son sac le papier à lettres qu'elle avait trouvé dans sa chambre à l'hôtel. Du papier gris pâle avec en-tête en relief — le nom de l'hôtel, l'adresse et le numéro de téléphone.

« Chère Mme Hutchinson », commença-t-elle.

Non, ça ne va pas. Que dire d'autre ? « Chère *Maman* » ? Impossible.

Elle prit une deuxième feuille et écrivit avec fermeté : « Chère Julie ». Le reste vint extraordinairement facilement.

Cette lettre vous surprendra sans aucun doute. J'ose espérer que la surprise ne sera pas désagréable.

Je m'appelle Nathalie Armstrong. Je suis l'enfant que vous avez eue en septembre 1960, à Simmons' Mills.

J'ai dix-sept ans, à présent. Depuis deux mois, je suis à votre recherche. Et finalement m'y voilà. J'habite à quelques blocs de chez vous et je ne sais que faire maintenant.

Pour rien au monde je ne voudrais bouleverser votre existence. J'ai, moi aussi, une vie très heureuse.

Mais j'ai terriblement envie de vous voir et de vous parler. Peut-être que pendant toutes ces années vous vous êtes posé des questions, vous aussi. Comme moi.

Je serai à l'hôtel toute l'après-midi et le soir. Pourriez-vous m'y appeler ? S'il vous plaît !
Bien à vous,

NATHALIE

Elle plia la feuille de papier, la glissa dans l'enveloppe gris pâle, écrivit sur celle-ci « Mme E. Phillips Hutchinson », sortit du musée, dévala la longue volée de marches à l'extérieur, traversa la Cinquième Avenue, prit la 79e Rue, traversa Madison Avenue et se retrouva devant l'immeuble de Julie. Le portier était occupé à héler un taxi pour un monsieur et un adolescent qui venaient de sortir de l'immeuble.

— Excusez-moi, lui dit-elle lorsque le taxi se fut éloigné au bord de la route et réintégré au flot de la circulation.

— Oui ? dit-il, souriant.

— Pourrais-je vous confier une lettre à remettre à Mme Hutchinson ? demanda-t-elle un peu nerveusement.

Il jeta un coup d'œil à sa montre.

— Il est près de quatre heures, dit-il, je pense que Mme Hutchinson ne tardera pas à rentrer. Voulez-vous l'attendre dans le hall ?

— Non, non, dit Nathalie. Elle prit l'enveloppe dans son sac et la lui remit en même temps qu'un billet d'un dollar. Voici, dit-elle. Pouvez-vous lui donner ceci quand elle rentrera ?

— Certainement, répondit-il. Puis-je faire autre chose pour vous ?

— Oui, dit Nathalie, se sentant tout à coup épuisée. Voudriez-vous m'appeler un taxi, s'il vous plaît ?

Sa vue se brouilla et c'est dans un nuage qu'elle se laissa tomber sur le siège de cuir usé et griffé du taxi. Maintenant, songea-t-elle, il faudra que je prépare ce que je vais lui dire.

Elle n'en eut même pas le temps. Elle avait à peine réintégré sa chambre à l'hôtel et retiré ses chaussures que la sonnerie du téléphone retentit. Nathalie sentit son estomac se retourner. Comme lorsqu'on est au sommet de la Grande Roue et qu'on est sur le point de redescendre, à l'endroit où on se sent déjà glisser vers le bas mais où on ne voit pas le sol et où, l'espace d'une seconde, on a l'impression qu'on va tomber. Elle prit une grande respiration, s'éclaircit la voix et alla décrocher le récepteur à la troisième sonnerie.

— Allô ? dit-elle.

— Nathalie ? Ici Julie Hutchinson.

La voix était hésitante, douce, modulée avec soin, sophistiquée, amicale. Oh, merci ! songea Nathalie. Merci d'être amicale. Des larmes se formèrent dans ses yeux et dégoulinèrent sur ses joues, comme si d'un coup s'étaient brisés les barrages qui les avaient retenues quelque part à l'intérieur de sa tête depuis le début de la journée.

— Oui, c'est Nathalie. Oh ! excusez-moi ! ... dit-elle, réalisant que ses pleurs s'entendaient dans sa voix. C'est que...

— Je sais. Je sais. Ce n'est rien. La voix de Julie semblait un peu tremblante, elle aussi, tout à coup.

— Voilà, c'est fini, dit Nathalie en s'essuyant le visage du revers de la main, comme les petits enfants. Je ne savais pas si vous alliez me téléphoner ou non, et je ne savais pas ce que j'allais dire si vous me téléphoniez et...

— Nathalie. Quel joli nom.

— Merci. C'est le nom de ma grand-mère, mais personne ne l'appelle jamais comme ça. Tout le monde appelle ma grand-mère Tallie, depuis toujours d'ailleurs, et...

Je bredouille, songea Nathalie, gênée.

— Figurez-vous que j'ai vu votre taxi s'en aller. Le mien est arrivé juste au moment où le vôtre s'éloignait et Georges m'a donné votre mot en pointant du doigt et en me disant que vous veniez de partir à l'instant.

— Je ne voulais pas vous voir. Il m'avait dit que vous rentreriez bientôt et je ne voulais pas vous prendre par surprise.

— Merci. Votre lettre, elle, m'a drôlement surprise, évidemment. Je suis restée là pendant tout un temps à la lire et à la relire. Mais à aucun moment, Nathalie, je n'ai envisagé de ne pas vous appeler !

— J'en suis bien contente, murmura Nathalie.

— J'avoue que je suis extrêmement perplexe. Je n'arrive pas à comprendre comment vous avez fait pour me retrouver. Vous habitez à New York ? Non, bien sûr, puisque vous êtes à l'hôtel. D'où venez-vous ?

— Du Maine, dit Nathalie. Je n'ai jamais quitté le Maine. C'est là que j'ai passé toute ma vie.

Elle entendit Julie pousser un soupir.

— Nathalie, il y a tellement, tellement longtemps... Mais il est vrai que je me suis posé des questions. Pendant des années, je me suis demandé quoi... Je ne sais pas si vous le savez, mais à votre naissance j'étais encore... Je n'avais que... Sa voix se brisa.

— Je sais, dit Nathalie. Vous étiez très jeune. Encore plus jeune que moi maintenant.

— Et je ne pouvais pas..., reprit Julie d'une voix tremblante. Il n'y avait aucune solution... J'aurais voulu...

— Je sais, dit Nathalie. Je comprends. Cela ne fait rien. L'important, c'est que j'aie finalement réussi à vous trouver. Nous allons enfin pouvoir nous parler.

— Nathalie, je ne sais pas très bien comment procéder pour cela. Vous comprenez que ce serait un peu difficile pour moi de vous inviter ici, n'est-ce pas ?

— Oui, bien sûr. Mais je pourrai quand même vous voir ?

— Combien de temps pouvez-vous rester à New York ?

— Jusqu'à dimanche.

Elle entendit que Julie réfléchissait, en silence.

— Et vous êtes seule ?

— Oui.

— Mon Dieu. Écoutez, Nathalie, ne cherchez pas à sortir pour dîner, ce soir. Pas toute seule. Dînez à l'hôtel. J'aimerais énormément pouvoir vous inviter ici, mais nous avons du monde ce soir et je ne vois vraiment pas comment...

— C'est absolument parfait. J'avais de toute façon l'intention de manger ici ce soir.

— Très bien. Alors, voilà ce que nous allons faire : je vous invite à déjeuner demain midi. Est-ce que vous êtes déjà venue à New York ?

— Non. Et je me sens complètement dépassée.

— Cela, je l'imagine ! dit Julie en riant. J'ai connu la même impression, au début. Oh ! dire qu'il y a tant de choses que j'aimerais vous montrer et que nous n'en aurons pas le temps ! Voyons. Est-ce que vous connaissez le *Russian Tea-Room ?*

Nathalie pouffa :

— Je ne connais *rien.*

— C'est vrai, évidemment. J'oubliais. Eh bien, prenez un taxi vers une heure, demain, et allez au *Russian Tea-Room.* Cela se trouve dans la 57e Rue Ouest, près de Carnegie Hall. Je vous retrouverai là-bas. N'essayez pas d'y aller à pied ou en métro, le taxi ne coûtera pas grand-chose et c'est beaucoup plus sûr.

— O.K., dit Nathalie en prenant note du nom et de l'adresse du restaurant.

— Nathalie, est-ce que vous avez besoin d'argent ?

— Oh, non. Pas de problème.

— En tout cas, je ne sais pas comment vous avez choisi votre hôtel, mais est-ce que vous vous rendez compte que c'est l'un des plus chers de tout New York ?

— À vrai dire, je l'ignorais en faisant la réservation, répondit Nathalie en riant. Je l'avais sélectionné parce qu'il ne semblait pas trop éloigné de l'endroit où vous habitiez. Évidemment, dès que je l'ai vu, j'ai compris que ce n'était pas une petite pension de famille de province ! Mais cela n'a pas d'importance, Julie. J'ai assez d'argent.

— Et vous avez le sens de l'humour, par-dessus le marché. C'est formidable. J'ai l'impression que nous aurons toutes les deux besoin de beaucoup rire pour digérer tout ceci.

— Julie ?

— Oui ?

— Merci de m'avoir appelée. J'avais tellement peur !

— Et moi j'ai *encore* peur, Nathalie. Mais je me réjouis sincèrement de vous voir. Oh là là ! Je viens de penser à quelque chose.

— À quoi ?

— Comment vous reconnaîtrai-je ?

Nathalie garda le silence pendant un instant.

— Julie, répondit-elle enfin, je ne sais pas très bien comment vous le dire, mais...

— Mais quoi ?

— Je crois que nous nous ressemblons comme deux gouttes d'eau.

29

Lorsque Julie Hutchinson fit son entrée au *Russian Tea-Room,* ce fut comme si le rideau rouge s'était levé. L'actrice paraissait sur la scène, la tête haute, et recevait le silence qui précède toujours les applaudissements. Les conversations s'interrompirent, les fourchettes redescendirent lentement vers les assiettes. Julie s'immobilisa un instant à la porte du restaurant, souriant à demi, consciente de l'effet qu'elle produisait, du silence subit qui s'était installé pour quelques secondes, puis de la vague de murmures qui avaient suivi, d'une table à l'autre.

Nathalie l'observait de sa place, impressionnée, oubliant l'espace d'un instant que Julie était sa mère.

Julie était incroyablement belle. Grande, tout comme Nathalie, et très mince. Ses cheveux sombres étaient rassemblés en chignon, ses yeux bleu pâle, mis en valeur par un maquillage prononcé — mascara et fard à paupières — et ses sourcils finement épilés s'arrondissaient en deux arcs parfaits soulignés au crayon noir. Elle avait très peu de fond de teint visible. Mais, en l'examinant, Nathalie sut que ses pommettes ne pouvaient pas être aussi prononcées ni ses lèvres aussi joliment rosées sans qu'elle eût passé des heures devant son miroir. Julie se tenait comme un mannequin, ses longues mains gracieusement posées à la taille, et elle inspectait les tables du regard. Quand elle vit Nathalie, elle sourit et lui fit signe.

Tandis qu'elle se dirigeait à présent vers la table de Nathalie, elle souriait et saluait les innombrables personnes qui s'écriaient : « Julie ! » sur son passage. Elle fit un signe de la main à un homme qui se tenait au fond du restaurant et qui lui envoya un baiser. Elle toucha l'épaule d'un autre en passant à côté de lui.

Ce n'est pas l'endroit qui convenait pour notre rendez-vous, songea brusquement Nathalie.

— Nathalie ! dit doucement Julie en lui prenant la main.

Elles s'observèrent.

— C'est vrai, dit finalement Julie. Tu as exactement le visage que j'avais à ton âge. Quand je te regarde, j'ai l'impression de me trouver devant un miroir qui remonterait le temps.

Nathalie s'était habillée avec soin pour ce déjeuner. Elle avait pris une longue douche à l'hôtel, s'était lavé les cheveux, les avait brossés pour qu'ils tombent bien droits, bien épais, sur son dos. Elle portait une robe de soie jaune et de petites boucles d'oreilles en argent, assorties au collier que Nancy lui avait offert. Mais à présent qu'elle se trouvait en face de Julie, elle se sentait gauche, mal fagotée, provinciale.

Et elle en voulait à Julie de susciter en elle ce genre de sentiments.

Julie commanda pour elles deux. Le serveur, qui avait un accent slave très marqué, l'appelait Mme Hutchinson. Elle lui fit part de son choix en russe. Puis, elle fit signe à un homme hirsute, maquillé comme pour le théâtre, qui venait de prendre place au sein d'un groupe installé à une table proche.

— Maintenant, dit-elle ensuite à Nathalie en se retournant vers elle, nous avons des milliers de choses à nous dire. Nous avons tant de temps perdu à rattraper, pas vrai ? Pour commencer, j'aimerais bien savoir comment tu es parvenue à me trouver.

Tout à coup, Nathalie eut du mal à rassembler ses souvenirs. Elle lui parla de son voyage à Simmons' Mills. D'Anna Talbot. De la bibliothécaire. De Foster Goodwin, qui était mort.

Julie fit la grimace.

— Je détestais ce Foster Goodwin, dit-elle. En fait, je détestais cette ville et pratiquement tout ce qui s'y rattachait. Ma maison... Tu as vu ma maison ?

— Oui. Je suis allée voir Falls Road. La dame qui habite dans ton ancienne maison m'a permis d'entrer jusqu'au bout de l'allée pour regarder la façade. Je ne suis pas allée à l'intérieur.

Julie fronça les sourcils.

— Quand nous sommes arrivés à Simmons' Mills, j'ai d'abord beaucoup aimé cette maison. Elle était tellement mystérieuse, gothique, somptueuse même. Je me suis dit que ce serait peut-être amusant de vivre là, après tout, alors que j'avais été désespérée de quitter Detroit. Mais par la suite, il s'est avéré que cette maison constituait une barrière entre moi et les autres enfants de la ville. Le fait même d'habiter là-haut, sur la colline. Jamais, au cours de l'année que j'ai passée à Simmons' Mills — je n'y suis restée qu'un an — jamais je ne me suis réellement sentie intégrée dans la ville. C'était ma faute à moi autant que celle de la ville, bien entendu...

On avait apporté leur déjeuner. Julie prit sa fourchette et se mit à toucher d'un air absent la nourriture qui garnissait son assiette.

— Donc, Foster Goodwin est mort, reprit-elle. Je me souviens du jour où il est venu à l'hôpital avec tous ces papiers. Si j'avais pu le tuer à ce moment-là, de mes propres mains, je l'aurais fait. Mais il ne faisait que son devoir, évidemment. Et il avait raison. Le Dr Therrian m'avait dit la même chose. Tu l'as vu, lui ? Ça, c'était quelqu'un que j'adorais. Ne me dis pas qu'il est décédé, lui aussi ?

— J'allais te parler de lui. C'est le Dr Therrian qui m'a appris qui tu étais, Julie. Il est très malade. Je suis allée le voir à l'hôpital et quand je suis entrée, Julie, il a cru que j'étais toi.

— Cela ne m'étonne pas. Nous étions très liés, tous les deux, et tu ressembles tellement à ce que j'étais à l'époque.

Nathalie lui expliqua la succession d'appels téléphoniques qui l'avaient fait aboutir, finalement, chez Margaret Jeffries, à Detroit. Julie sourit.

— Ma mère est tellement fière de moi. Et de ses petits-enfants ! Elle t'a dit que j'avais deux petits garçons ?

Nathalie acquiesça. Et moi, ajouta-t-elle intérieurement. Et tu m'as, moi aussi.

— En fin de compte, dit Julie, elle a réussi à écarter de sa mémoire tout cet incident de Simmons' Mills. Je crois même qu'elle doit l'avoir complètement oublié. Elle en a tellement souffert, ainsi que mon père. Ils étaient fâchés et gênés. S'il n'y avait pas eu le Dr Therrian, qui a été tellement gentil pour moi...

— Julie, dit Nathalie, j'aimerais beaucoup que tu m'expliques ce qui s'est passé. Et que tu me décrives quel genre de fille tu étais alors. Cela m'aiderait à mieux comprendre.

Julie acquiesça et prit une bouchée de salade. Nathalie remarqua qu'elle mangeait avec précaution, par très petites bouchées, afin de ne pas abîmer le dessin parfait de son rouge à lèvres rose.

— Certainement, répondit Julie. Mais avant cela je veux que tu me parles de toi, Nathalie. Parle-moi de ta vie.

Nathalie se mit à rire.

— Ma vie ? Elle est tellement ordinaire, comparée à la tienne ! Mes parents sont allés à Simmons' Mills, pour me prendre au bureau de Foster Goodwin. J'avais cinq jours. Je suppose que toi, à ce moment-là, tu quittais l'hôpital.

— En effet, dit Julie avec une grimace. Je retournais à Falls Road où on ne fit jamais la moindre allusion à toute l'histoire. Quelques semaines plus tard, j'étais expédiée en pension. Quand je suis arrivée chez Miss Sheridan, l'année scolaire avait déjà commencé. On expliqua mon retard en racontant que j'avais « voyagé ». Tu parles d'un voyage ! Jusqu'à la salle d'accouchement de Simmons' Mills...

Elle paraissait amère.

— Enfin, reprit Nathalie au bout d'un moment, ma famille habite à Branford, non loin de Portland. Mon père est médecin. Chose curieuse, quelques mois après qu'ils m'avaient adoptée, ma mère s'est trouvée enceinte. Je crois que cela arrive souvent qu'une femme qui ne peut pas avoir d'enfant en attende tout à coup un après avoir adopté un premier bébé.

— Je ne sais pas, dit Julie. Ce n'est pas précisément la stérilité qui m'a posé des problèmes dans la vie.

Je t'en prie, songea Nathalie, ne prends pas des airs fâchés contre *moi* ! Je n'ai été pour rien dans toute cette histoire.

— Ce qui fait que j'ai une sœur, continua-t-elle. Nancy. Elle est merveilleuse. Que veux-tu que je te dise d'autre ? J'ai terminé l'école à la fin du printemps et le mois prochain, j'entre à l'université de MacKenzie. Je veux être médecin, comme mon père.

Julie la regarda soudain avec un regain d'intérêt.

— Tire tes cheveux en arrière un instant, Nathalie.

Nathalie posa sa fourchette et rassembla ses cheveux sur sa nuque.

— Tu sais que tu pourrais être mannequin ! dit Julie. Sérieusement, Nathalie, tu as les mêmes yeux que moi et la même ossature faciale aussi. C'est cela qui a fait mon succès. Maintenant, je suis trop vieille, bien sûr, ou du moins je ne tarderai pas à le devenir. J'ai trente-trois ans — tu te rends compte ! Mais il y a dix ans, Nathalie, et même cinq, tu ne peux pas savoir les fortunes que je gagnais. C'était une vie incroyable. Il fallait travailler dur. Mais ce n'est pas cela qui te ferait peur, n'est-ce pas ?

— Non, dit Nathalie en secouant la tête, mais...

— Si tu me laissais t'emmener dans un salon de coiffure pour qu'on te fasse une meilleure coupe de cheveux, et puis je t'apprendrais à t'habiller convenablement et à te maquiller. Je te vois par exemple en noir, avec des bijoux très élégants, très brillants. Parce que ce petit collier que tu portes, tu sais, il est bien mignon, mais à vrai dire...

Non, ne touche pas à cela ! songea Nathalie — et, d'instinct, elle posa une main protectrice sur le collier de Nancy.

Julie continuait à parler.

— Tu ne peux pas savoir l'impression que cela fait, Nathalie, de voir son visage sur les couvertures des magazines. D'entrer dans les réceptions et de constater que tout le monde se retourne pour te regarder. Quand j'entrais n'importe où, on entendait les gens chuchoter : « Julie Jeffries ». La même chose pourrait t'arriver à toi. Quel est ton nom de famille ? J'ai oublié.

— Armstrong, dit Nathalie.

Julie fronça les sourcils.

— Je pense qu'il faudrait changer cela. Ton prénom est joli. Tu pourrais même te faire appeler Natalia, tu sais, cela fait un peu plus exotique, et tu te trouverais un nom de famille à consonance étrangère... Ou peut-être pas de nom de famille du tout ! Natalia, sans plus.

Assez ! songeait Nathalie avec colère. Ne m'enlève pas mon nom. Tu l'as déjà fait une fois, cela suffit.

— Merci, Julie, dit-elle tout haut. Mais j'ai vraiment envie de devenir médecin. Ce ne sera sûrement pas une vie aussi éclatante et je ne gagnerai sûrement pas autant d'argent, mais c'est réellement cela que je veux.

— Oh ! dit Julie, surprise, la main arrêtée au vol au milieu d'un geste. Ah bon ! Eh bien, si jamais tu changes d'avis...

Le serveur vint prendre leurs assiettes, puis il apporta le thé. Julie jeta un coup d'œil à sa petite montre de platine.

— Ma chérie, il faut que je m'enfuie. J'ai été vraiment *enchantée* de te voir. Et je t'ai apporté quelque chose. Tu me demandais quelle sorte de fille j'étais quand j'avais ton âge. Je ne suis pas sûre que ce soit une période de ma vie dont j'aie envie de me souvenir. Mais voici quelque chose que j'ai toujours gardé, je ne sais pas pourquoi.

C'est le journal que j'ai tenu cette année-là, à Simmons' Mills. Lis-le si tu veux, je crois que tu y trouveras la réponse à toutes tes questions. Et puis... Quand dois-tu repartir ?

— Demain. Mon avion s'envole à cinq heures.

— Parfait : pourquoi ne viendrais-tu pas à l'appartement vers deux heures ? Phil sera absent toute l'après-midi. Les enfants seront là, mais leur nurse s'occupera d'eux. Nous prendrons une tasse de thé.

— Avec plaisir. Merci.

Nathalie prit le petit cahier recouvert de cuir bleu que Julie venait de sortir de son sac.

— Tu le trouveras sans doute très immature et triste, dit Julie en riant légèrement.

— Comme tu devais l'être toi-même à l'époque, répondit Nathalie. Immature et triste.

— Quoi ? fit Julie, l'air abasourdi. Elle s'essuya précautionneusement les lèvres avec sa serviette et prit son sac ainsi que l'addition. Ah ! Oui. Mon Dieu ! je crois que tu dois avoir raison. J'étais certainement tout cela à la fois. Au revoir, ma chérie. À demain, comme convenu.

Elle s'en alla, accompagnée comme à son arrivée d'un remous de murmures dans le restaurant. Nathalie demeura un instant assise, toute seule, le petit cahier bleu sur les genoux.

Puis elle sortit du *Russian Tea-Room* et, sans faire cas des conseils de Julie à propos des taxis, elle retourna à l'hôtel à pied. Les rues étaient clairement identifiables et elle n'eut aucune difficulté à trouver son chemin de l'ouest de Manhattan vers l'est, puis, arrivée à la Cinquième Avenue, à remonter vers le nord en direction du Central Park. Les foules de la ville se mouvaient autour d'elle. De temps à autre, elle surprenait un regard admiratif qui lui était adressé. Elle avait les yeux de Julie. Le visage de Julie. Elle était aussi belle que Julie — ou du moins elle pourrait l'être si elle le voulait.

Elle reconnut son hôtel de loin — le bâtiment lui était familier, à présent. Et elle ressentit une certaine satisfaction d'avoir trouvé son chemin sans l'aide de personne. En même temps, elle ne s'était jamais sentie aussi totalement, aussi affreusement perdue.

30

L'écriture dans le cahier bleu avait fait naître un sourire sur les lèvres de Nathalie. Elle ressemblait à celle de Nancy : ronde, nette, avec de petits cercles au lieu de points sur les *i*. Une écriture d'adolescente.

Le journal comprenait une page par jour et ressemblait à tous les journaux de ce genre, y compris à ceux que Nathalie elle-même avait tenus quand elle était plus jeune. Elle se souvenait d'avoir écrit sur la première page d'un de ces journaux : « NANCY ARMSTRONG, SALE CURIEUSE, GARE À TOI SI TU FOURRES TON NEZ DANS CE JOURNAL ! »

Le journal de Julie ne commençait pas par ce genre d'avertissement. Mais on y retrouvait les mêmes pages blanches des jours où on n'avait pas pris la peine d'écrire et des jours où on avait tout bonnement oublié. Et puis il y avait les jours où on avait écrit très grand parce qu'on n'avait rien de particulier à raconter mais qu'on voulait quand même remplir la page. Et enfin il y avait, par-ci par-là, des jours où il s'était passé tant de choses qu'on était obligé de déborder sur la page suivante pour pouvoir tout noter. Tant de choses qui paraissaient si importantes et si personnelles quand on avait quatorze ans ! Après, en les relisant, on n'y voyait plus que les secrets communs à tous les adolescents du monde.

Les secrets de Julie seraient plus douloureux et plus personnels qu'aucun des secrets qu'avait jamais eus Nathalie. Néanmoins, en feuilletant rapidement le cahier, Nathalie voyait que Julie avait tenu son journal selon un système similaire au sien.

10 octobre (la date imprimée — 1er janvier — a été biffée à l'encre verte et corrigée avec soin).

Je hais cet endroit. Il n'y a rien, RIEN à faire ici, et d'ailleurs tout le monde me déteste. À cause de mes chaussettes. À

Detroit, nous portions toujours nos chaussettes tirées vers le haut et ici elles les portent pliées sur la cheville. Quand je suis arrivée à l'école le premier jour avec mes chaussettes tirées, tout le monde a éclaté de rire. Comment aurais-je pu deviner ? À part ça, je suis vachement en retard en géométrie. Il y a un type pas mal dans la classe, mais c'est un de ceux qui a ri le plus fort de mes chaussettes.

15 octobre

Si je parviens à tout faire comme il faut, je crois que ça finira par aller. Chaussettes pliées (je me sens ridicule, comme ça), pas de queues de cheval (je suis obligée de laisser pendre mes cheveux tout le temps). On rentre dans sa ceinture le haut du costume de gym, et on brode son nom sur le dos avec ce fil qui change de couleur. Il y a des gens sympa dans la classe. Je me présente au concours de majorettes. La maison est vraiment chouette. Ma chambre est bleue. Maman est en train de me faire des rideaux écossais assortis.

22 octobre

Ça y est ! Je suis majorette ! Je ne m'attendais pas à être élue, parce que je suis nouvelle, mais j'étais la seule à savoir faire un double lancer arrière. Margot et Anne m'ont invitée à aller au cinéma vendredi.

1er novembre

C'est incroyable ce qu'il peut faire froid ici ! Et il paraît que ça ne fait que commencer. Jeudi, il a tellement neigé qu'il n'y a pas eu cours. J'ai fait des gâteaux avec Maman. Nous habitons tellement haut sur la colline et tellement loin de la ville que personne ne vient jamais me voir. Je me suis lavé les cheveux et j'ai mis des bigoudis : ils sont affreux, tout frisés. Margot boucle naturellement et elle dit qu'elle aimerait bien avoir les cheveux raides, comme moi.

10 novembre

Auditions pour *César et Cléopâtre.* Je crois qu'on me choisira pour Cléopâtre à cause de mes cheveux. À part ça, je n'arriverai jamais à apprendre tout ce texte par cœur.

15 novembre

Ils ont annoncé le résultat des auditions : ça y est, je suis Cléopâtre. C'est Tony Gearhart qui fait César. Bêrk. Je ne peux pas le sentir.

16 novembre

Margot prétend que Tony a dit qu'il aurait préféré ne pas avoir le rôle, parce qu'il ne m'aime pas. Parce que je suis *affectée.* Qu'est-ce que ça veut dire ? Que je n'ai pas l'accent du Maine ? Je n'y peux rien. Il n'aurait pas l'air très malin à Detroit, lui non plus.

19 novembre

Voilà. Personne ne m'a invitée au bal de la *Thanksgiving.* Toute l'école y va, je parie. Sauf moi. Je n'arrive pas à comprendre. Tous les profs m'aiment bien. Margot m'aime bien aussi, je crois. Et tous les autres, pratiquement, font comme s'ils avaient *peur* de moi. Margot dit que les autres filles sont jalouses parce que je suis jolie. Elles n'ont vraiment pas de quoi m'envier, puisque les garçons ne m'aiment quand même pas. J'ai vraiment horreur de cette ville. Je donnerais n'importe quoi pour retourner à Detroit.

22 novembre

Congé trimestriel. Tout le monde est parti skier. Je suis la seule et unique personne de toute l'école qui ne sache pas skier. J'aurai le temps de lire douze bouquins au moins, d'ici la fin de ce long week-end. Margot dit que le bal était formidable. Je m'en fous.

23 novembre

J'ai rencontré un type très chouette à la bibliothèque. Il s'appelle Terry. Il est à l'université de Dartmouth, il est rentré ici chez ses parents pour le congé. Il m'a payé un Coke au drug-store et m'a invitée à aller au cinéma avec lui demain soir. Papa et Maman ont dit qu'ils devaient y réfléchir à cause de la différence d'âge. Quelle affaire ! Il a vingt ans. Qu'est-ce que ça peut faire, cinq ans ? Après tout, Papa a trois ans de plus que Maman.

24 novembre

Ils m'ont finalement permis d'y aller. Soirée terrible ! Terry a une voiture. Le film était idiot, mais après on a pris un Coke et on a parlé pendant tout un temps. Terry déteste Simmons' Mills, lui aussi. Et pourtant il a fait toutes ses études secondaires ici et, en plus, il était capitaine de l'équipe de basket. Voilà ce qu'il aime : le basket, le théâtre (il va voir des pièces à Boston !), le Capitaine Kangourou (?), Sophia Loren (!), la glace au chocolat et à la guimauve, les pulls en cachemire et la bière (!). Je lui ai proposé de venir voir *César et Cléopâtre*, tout en sachant que je ne serai probablement pas très bonne. Mais il doit retourner à Dartmouth demain soir. Zut.

25 novembre

Terry est passé cet après-midi et nous nous sommes baladés dans les bois derrière la maison. J'ai attrapé plein de neige dans mes bottes. Il m'a demandé de lui écrire à Dartmouth ! Je suis sûre qu'il ne me répondra même pas. Malgré tout, il m'a embrassée pour me dire au revoir. Embrassée *pour de bon*. On voit que ce n'est plus un gosse. Demain, école. Aucune envie d'y aller. Mais quel congé extra...

3 décembre

La pièce s'est assez bien passée. Tony a sauté quelques répliques, mais moi je ne me suis pas trompée une seule fois. Tout le monde a dit que j'étais terrible avec mon maquillage et mon costume de Cléopâtre. N'empêche qu'après (je l'ai appris plus tard) tout le monde est allé chez Tony, et moi je n'étais pas invitée. Je m'en fiche. J'ai reçu une carte postale de Terry. Maintenant, je peux lui écrire sans me sentir bête.

8 décembre

Terry a immédiatement répondu à ma lettre. Sa lettre était tellement plus mûre que la mienne ! Il faudra que je fasse plus attention en lui écrivant. Il me parle de ses cours. Il suit l'Économie, les Sciences Po, la Géologie, l'Anglais et les Maths. Ce doit être un vache de cerveau. Il me raconte aussi qu'il a été à un bal à Bennington — un collège de filles. Et il ajoute qu'aucune des filles de Bennington n'était aussi jolie que moi !

15 décembre

Il va y avoir un bal de Noël à l'école. La mère de Margot est occupée à lui faire une nouvelle robe longue. Moi, je sais bien que personne ne va m'inviter à y aller. Ils sont tous relativement gentils à l'école, mais dès que les cours sont finis, l'après-midi, c'est comme si je n'existais plus. Je reste tout le temps cloîtrée dans mon château en haut de la colline, et je me morfonds. Mais j'ai reçu une lettre de Terry. Il signe « Amour ».

19 décembre

Incroyable, mais vrai ! J'avais écrit à Terry pour lui demander s'il rentrerait en vacances à temps pour aller au bal de l'école, le 22, et il a *téléphoné* pour dire que oui ! Je me vois déjà arrivant avec *lui* à leur bête petit bal ! Ça remettra pas mal de gens à leur place.

Il est trop tard pour me procurer une nouvelle robe, mais je peux très bien mettre la rose que j'ai achetée à Detroit au printemps dernier. Personne ici ne l'a vue.

23 décembre

Leurs têtes quand je me suis amenée avec Terry !! Il fallait voir les têtes qu'ils ont faites !!! Nous sommes arrivés assez tard. Il était venu me chercher à l'heure, mais on était restés un certain temps dans la voiture devant l'école : Terry avait deux boîtes de bière qu'il voulait boire avant d'entrer. J'ai bu quelques gorgées aussi. Il disait qu'il était impossible d'aller à un bal d'école sans avoir un peu bu avant. Je pense qu'il doit avoir raison. Mais le bal était formidable. Quelques autres garçons m'ont invitée à danser, mais à part ça j'ai dansé presque tout le temps avec Terry. Il fallait voir comme les filles me regardaient ! Il m'avait apporté un petit bouquet de gardénias pour mettre à mon corsage. Maintenant, les pétales commencent déjà à brunir, mais je le garde quand même. Après, on a prolongé la soirée dans l'auto, dans l'allée devant chez moi, jusqu'à ce que Papa se mette à nous faire des signaux avec les lumières du porche.

25 décembre

Papa et Maman m'ont donné un appareil photo pour Noël, et deux pulls en cachemire : un jaune et un gris ! Grand-père et grand-mère ont envoyé de l'argent et tante Sue m'a envoyé une blouse ravissante. Et puis j'ai encore reçu des tas d'autres choses. Le mieux de tout, c'était... une bague en argent que Terry m'a donnée, avec l'emblème de Dartmouth ! Moi, je ne lui ai offert qu'un livre (les pièces de Shaw), mais j'ai vu que cela lui faisait plaisir.

Je porte sa bague à une chaîne, autour de mon cou, pour que Papa et Maman ne la voient pas. Ils me demanderaient ce qu'elle *signifie.* J'avoue que je ne le sais pas moi-même, ce qu'elle signifie. Je n'ai pas eu le cran de le demander à Terry. Je suppose que nous sommes pré-fiancés, quelque chose comme ça. J'ai la sensation d'avoir tellement plus que quinze ans.

27 décembre

Cela me fait peur, parfois, d'être avec Terry. Ce soir, par exemple. Nous étions censés aller au cinéma. Tout à coup — on était à peine sortis de chez moi — il décide qu'il n'a aucune envie d'aller au cinéma. Il veut simplement aller parquer la voiture quelque part. Je refuse, et il se met en colère. C'est ce que tout le monde fait, à l'université, dit-il. Et si c'est comme ça, il me reconduit chez moi immédiatement. Évidemment, j'ai cédé. Alors nous avons pris la River Road et il s'est arrêté derrière l'usine. Je ne sais que faire. Je ne veux pas perdre Terry, parce que je n'ai vraiment que lui. Tous les autres de l'école sont partis skier. D'ailleurs, même s'ils étaient ici, ils ne me téléphoneraient pas. Et puis, j'aime Terry, bien sûr. Ça, j'en suis tout à fait certaine, je crois.

28 décembre

Terry m'a appelée pour s'excuser pour hier soir. Nous avons parlé longuement. Il dit qu'il m'aime vraiment. Il veut m'épouser un jour, quand il aura fini Dartmouth (2 ans !) et puis encore la Fac de Droit (3 ans !) — d'ici là, j'aurai vingt ans. C'est long, cinq années d'attente. Je le lui ai dit, et il m'a répondu qu'on n'était pas obligés d'*attendre.* Il me fait parfois tellement peur. C'est étrange, d'avoir peur de quelqu'un avec qui on est presque fiancé. J'aimerais tant pouvoir parler avec quelqu'un. Mes parents, impossible. Ils en mourraient. Margot, peut-être. Mais elle est partie skier avec les autres, elle aussi. Si seulement j'avais une sœur ! Je me sens tellement seule, quelquefois.

30 décembre

Ma mère m'a dit qu'il y avait une party de Saint-Sylvestre chez Tony Gearhart. Elle m'a demandé pourquoi je n'y allais pas. Je ne pouvais pas lui dire que je n'avais pas été invitée. Alors j'ai dit que je sortais avec Terry et qu'on irait sans doute ensemble à la party. Mais, en vérité, je crois que Terry est fâché sur moi. Hier, je lui ai demandé ce qu'il faisait pour la Saint-Sylvestre et il m'a dit que ses parents sortaient, ce soir-là, et qu'on pourrait peut-être se retrouver chez lui tous les deux et fêter ensemble l'arrivée de 1960. Je savais très bien ce qu'il voulait dire. J'ai dit que non, que je ne voulais pas aller chez lui. Alors, il m'a répondu que c'était parfait, qu'il trouverait peut-être quelqu'un d'autre qui accepterait. Mais que c'était moi qu'il aimait vraiment d'amour. Et je le crois. Il m'a donné la bague.

Plus tard

J'ai téléphoné à Terry pour lui dire que j'irais avec lui où il voudrait, le soir de la Saint-Sylvestre.

1er janvier 1960

Une nouvelle année commence, et moi je suis une autre personne. Je ne me *sens* pas tellement différente, à vrai dire. Mais je me sens quand même un peu drôle. Je suppose que j'aurais mieux fait de ne pas aller chez Terry. Si je n'y étais pas allée, rien ne se serait passé. Mais si je n'y étais pas allée, j'aurais passé la soirée entière ici, sur cette colline, à me lamenter sur mon propre sort. Comme ceci, au moins j'étais avec lui. Et il m'a dit qu'il m'aimait. Même après, quand il m'a reconduite à la maison. C'était assez effrayant et excitant à la fois, mais en fin de compte ce n'était pas la grande révélation extraordinaire à laquelle je m'attendais. Pour dire la vérité, je crois que Terry était aussi effrayé que moi, et aussi débutant que moi.

Après, on s'est tous les deux sentis un peu idiots et on a décidé que cela ne se reproduirait plus. De toute façon, il retourne à Dartmouth demain.

5 janvier

Rentrée à l'école. Tout est mortellement ennuyeux. J'ai eu une mauvaise note en français. Margot prétend que Tim McLain m'aime bien. Il n'est pas mal.

18 janvier

Il ne se passe pas grand-chose ces temps-ci. Pas de nouvelles de Terry, alors que moi je lui ai écrit deux fois. J'ai rencontré son père au drug-store. Il dit qu'eux non plus n'ont pas reçu de ses nouvelles et qu'il a probablement beaucoup de travail parce qu'il commence un nouveau semestre.

Tim va me donner des leçons de ski ce week-end. Je vais sans doute me ridiculiser.

23 janvier

Victoire ! Je ne suis pas si mauvaise que ça à ski !! Je m'étais acheté un bonnet de laine rouge et Tim a dit que je ressemblais à Élisabeth Taylor. Ah ! Ah !

24 janvier

Je n'arrive pas à y croire. Je viens de vérifier sur le calendrier et puis je suis retournée en arrière et j'ai regardé le calendrier du mois dernier. Je suis certaine que j'ai eu mes règles *avant* le bal de Noël. Donc, maintenant il est plus que temps que je les aie ; d'habitude je ne suis jamais en retard. Je *sais* qu'il est impossible que je sois enceinte. Du moins, j'en suis quasi-certaine parce que : (1°) on ne l'a fait qu'une seule fois et ce n'est que dans les livres qu'on le fait une fois et qu'on est enceinte ; (2°) ça s'est passé tellement vite, comment cela aurait-il pu suffire pour que je devienne enceinte ? et (3°) Terry m'a dit qu'il faisait attention (allez savoir ce que ça veut dire !).

26 janvier

Je devrais peut-être écrire à Terry pour le lui dire.

30 janvier

Tim m'a emmenée skier. Je suis montée quatre fois par le remonte-pente sans tomber. La cinquième fois, je suis dégringolée et tous les gens qui me suivaient sont tombés à cause de moi. Mais tout le monde riait, y compris Tim qui est très, très gentil. Pas de nouvelles de Terry, par contre. Pas de nouvelles d'autre chose, non plus. Je suis malade de frousse. Peut-être que si je skie beaucoup et que je tombe beaucoup, le plus brutalement possible...

7 février

Je ne peux pas en parler à mes parents. J'en suis tout simplement incapable.

20 février

J'ai écrit à Terry et je l'ai mis au courant. Pas de réponse. Maintenant, *quid ?* Il me reste à faire le plus de ski possible. À tomber le plus possible. À prendre des bains très chauds. À prier.

1er mars

Voilà. Bien sûr, je le savais depuis longtemps, mais maintenant, c'est officiel. Julie Jeffries, la plus jeune future maman de Simmons' Mills, Maine.

J'avais tellement peur. Et puis il y avait Terry qui ne répondait pas à mes lettres. Et je savais qu'il fallait que je fasse quelque chose, et j'ai songé à me tuer, et en même temps je savais bien que ce n'était pas la solution. Je ne pouvais pas le dire à mes parents. Finalement, tout à fait par hasard, j'ai recontré le Dr Therrian dans la rue, et je me suis rappelé la gentillesse qu'il avait toujours eue à mon égard. Je suis allée le voir à son cabinet et je lui ai tout raconté. Et j'ai pleuré, pleuré, pleuré. Il a été merveilleux. Extra. Il m'a examinée (bêrk) et m'a confirmé ce que je savais déjà : je suis à deux mois. Nous avons longuement parlé. De Simmons' Mills. De ce que je me sens tellement seule ici. De Terry — quand il est arrivé, nous avons tous les deux agi imprudemment, sans doute pour des raisons différentes. Et nous avons discuté de ce que je vais devoir faire. D'abord, dit le Dr Therrian, il faut que j'en parle à mes parents. Ça, ce sera dur. Je tâche de rassembler mon courage. Ensuite... parce que je n'ai pas le courage de le faire moi-même, ou bien parce que je n'en ai pas vraiment envie, je crois... le Dr Therrian va téléphoner à Terry à Dartmouth pour lui parler. Il (le Dr T.) trouve que le mieux serait de s'arranger pour que le bébé (le BÉBÉ ! Je n'arrive même pas à *écrire* le mot sans frémir) soit adopté par une excellente famille qui souhaite un enfant. En attendant, je dois prendre des millions de vitamines et aller voir le Dr Therrian une fois par mois. Ou plus souvent, si je veux, juste pour parler. C'est si bon d'avoir quelqu'un à qui parler.

3 mars

Je me demande quand ça se verra. J'ai quitté les majorettes, rien que pour le principe. Et quand Tim téléphone, je lui dis que je ne peux pas sortir. C'est râlant de se priver de tout ça. Mais je trouverais ça moche de sortir, étant donné les circonstances.

Je n'ai pas encore eu le courage de parler aux parents.

5 mars

Je suis passée voir le Dr Therrian. Il avait parlé à Terry. Il dit que Terry est triste, qu'il a peur et qu'il manque terriblement de maturité. Et que la meilleure solution serait réellement de faire adopter le bébé. Je crois que jusqu'à ce qu'il m'ait dit cela, je pensais que Terry et moi on se marierait peut-être. Mais au fond je ne le souhaitais pas tellement.

10 mars

J'ai parlé à Papa et Maman. Ils ont tous les deux pleuré. Ils se sont fâchés. Et puis ils m'ont dit qu'ils m'aimaient et qu'ils m'aideraient à m'en sortir.

30 avril

Plus qu'un mois d'école à tirer et on ne voit toujours rien. Je crois que j'arriverai à faire durer le secret jusqu'aux vacances, en portant les vêtements adéquats. Le Dr Therrian dit que c'est parce que je suis grande. Parfois, les femmes grandes n'attrapent pas un ventre énorme comme les autres, paraît-il. Le bébé doit naître en septembre. Papa et Maman trouvent que je devrais m'en aller pour l'été. Je ne sais pas.

23 mai

Je n'ai encore gagné que neuf livres. Personne n'est au courant à part moi, Papa et Maman, le Dr Therrian — et, bien sûr, Terry. Mais je n'ai plus eu la moindre nouvelle de lui. Quelquefois... c'est *étrange...* je me prends à aimer sentir ce bébé qui grandit. Je le sens bouger, maintenant.

10 juin

Dieu merci ! l'école est finie. Je commence vraiment à être immense. J'ai décidé de rester ici tout l'été, simplement à la maison. Papa et Maman diront à tout le monde que je suis allée passer l'été à Detroit, mais en fait je serai là, je ne bougerai pas de la maison. On y est à l'abri des curieux. Je pourrai prendre des bains de soleil et m'occuper de mille choses, et je ne verrai personne. Le Dr Therrian m'a dit qu'il monterait de temps à autre chez nous pour m'examiner. Évidemment, quand je devrai aller à l'hôpital, le secret éclatera. Les infirmières en parleront sans doute autour d'elles. Mais à ce moment-là, cela n'aura plus beaucoup d'importance. Papa et Maman disent que je ne devrai pas retourner à l'école ici. J'irai ailleurs et je recommencerai à zéro.

22 juin

Doc Therrian dit que je me porte très, très bien et que j'aurai un bébé magnifique. Je sens qu'il est très fort. Il donne des coups de pieds dans mon ventre. Je me demande si c'est un garçon ou une fille.

C'est drôle, j'arrive à peine à me souvenir de Terry. Doc m'a dit qu'il était allé passer les vacances dans le Colorado, où il a trouvé un travail. Ça vaut mieux comme ça.

24 juin

Je me demande si c'est moi qui choisirai le nom du bébé. J'espère que oui. Si c'est une fille, je l'appellerai Juliette. Presque comme moi, en plus romantique. Si c'est un garçon, je ne sais pas. J'aimerais assez lui donner le nom de mon père mais... l'appeler Clément ? Horrible. Ou bien celui de Doc Therrian, mais... Clarence ? Super-horrible. Bah ! espérons que ce sera une fille. D'ailleurs, je ne pourrai probablement même pas choisir son nom.

30 juillet

Il fait mourant de chaud. Et je suis monstrueusement énorme. Quand ma mère me regarde, elle se met à pleurer, parfois. Ils m'ont inscrite dans un pensionnat grand chic pour l'année prochaine. Ça s'appelle Miss Quelque Chose.

1er août

Bonnes nouvelles ! Doc Therrian m'apprend qu'on a trouvé une famille merveilleuse qui veut adopter mon bébé ! Ils ne veulent pas me dire qui c'est, évidemment. En fait, Doc ne le sait pas lui-même. Mais c'est arrangé par l'intermédiaire d'un avocat et Doc dit que les parents sont des gens vraiment formidables, d'après l'avocat, et qu'ils ne peuvent pas avoir d'enfant eux-mêmes.

Plus tard

En écrivant ce qui précède, je me disais vraiment que c'étaient de bonnes nouvelles. Maintenant, plus j'y pense et plus je trouve que je ne veux pas donner mon bébé à qui que ce soit. C'est *mon* bébé à *moi.* Peut-être qu'il y aurait quand même moyen de s'arranger pour que je le garde. Nous n'aurions que quinze ans de différence. Ce serait comme un petit frère ou une petite sœur.

8 août

C'est étrange d'être ici pendant tout l'été sans que personne ne le sache. Doc Therrian vient très souvent. Il fait comme si c'était toujours pour des raisons médicales — il apporte toujours son stéthoscope — mais la plupart du temps nous ne faisons que bavarder. Nous lisons beaucoup, tous les deux, et nous parlons de livres. Ou de n'importe quoi. Il me parle de son enfance, à Simmons' Mills. Comment peut-on vivre une vie entière dans une ville pareille ? Et puis nous parlons du bébé. Il dit que ce ne serait pas juste de le garder. Pas juste vis-à-vis du bébé. C'est drôle, je n'avais jamais pensé au point de vue du bébé, je ne pensais jamais qu'à moi-même. Je crois qu'il doit avoir raison. Et puis il y a ces gens qui l'attendent. Je me demande s'ils ont déjà acheté des petits vêtements.

29 août

Je me sens drôle. J'ai tout le temps des douleurs, et ce n'est rien du tout.

10 septembre

L'école a repris, à Simmons' Mills. Curieuse impression. Tout le monde me croit partie en pension. De temps en temps, je vois les jumeaux Hartley dévaler la colline à toute vitesse, quand ils vont à l'école à bicyclette, le matin. Si leur mère savait à quelle allure ils filent, elle les tuerait. Au retour, ils sont obligés de mettre pied à terre et de pousser leurs vélos pour remonter. Quant à moi — ah ! ah ! ah ! — je crois que je serais parfaitement incapable de remonter la colline à pied, actuellement. Pas même pour un million de dollars.

13 septembre

J'ai eu des douleurs à intervalles irréguliers, toute la journée. Doc dit que le moment est sans doute arrivé. Je crève de peur. Je lui ai demandé de me promettre une chose : de me laisser voir le bébé et le prendre dans mes bras avant qu'on ne me l'enlève.

15 septembre

C'est une fille, une fille, une fille, une fille, une fille ! Je ne l'ai pas encore vue, mais on m'a dit que je la verrais. J'étais endormie pour l'accouchement. Doc Therrian m'a donné quelque chose à l'hôpital, et la dernière chose dont je me souvienne c'est qu'on m'emmenait sur un brancard roulant vers la salle d'accouchement. Maman s'est penchée vers moi et m'a embrassée. Doc marchait à côté de moi en me tenant la main. Quand je me suis réveillée, j'étais de nouveau mince, j'avais mal partout et Doc était là, tout souriant, et il m'a dit que c'était une fille et qu'elle était en bonne santé. Je suis épuisée.

17 septembre

Doc a beau me dire tout ce qu'il voudra, ce n'est pas juste, *Ce n'est pas juste.* Je pourrais la garder. Je pourrais trouver un travail, prendre un appartement et gagner assez d'argent pour nous faire vivre toutes les deux.

Oh ! je sais, c'est stupide, mais je suis tellement triste. Ce matin, un avocat est venu avec les papiers. Je le haïssais. Doc était là, ainsi que mes parents, et nous avons parlé tous ensemble. Et, avant que je ne signe, l'avocat m'a demandé plusieurs fois : « Êtes-vous bien certaine que c'est ce que vous voulez ? » Pourquoi insistait-il tellement ? *Évidemment* que je n'en suis pas certaine. Pourtant, j'ai quand même fini par signer là où il m'a dit. Papa et Maman ont signé, eux aussi. Ensuite, Doc a agrafé au dossier une autre feuille sur laquelle il y avait la signature de *Terry,* du fin fond du Colorado. C'est drôle. À moi, Terry ne m'a plus jamais écrit. Je me demande si toute cette histoire le rend aussi malheureux que moi.

Quand ils sont tous partis, j'ai fondu en larmes. Au bout d'une minute, Doc est rentré dans ma chambre. Il m'a prise dans ses bras et il m'a serrée. Et il a pleuré, lui aussi.

18 septembre

Demain, je rentre à la maison. Et le bébé aussi — vers sa maison à elle. Oh ! j'espère qu'ils auront préparé un joli berceau pour elle, avec une couverture rose et plein de jouets de toutes les couleurs ! Demain, m'a dit Doc, je pourrai la voir et lui dire au revoir.

19 septembre

J'étais habillée, prête à sortir, et j'attendais que Maman vienne me chercher, quand on m'a apporté le bébé. Toute habillée, elle aussi. Dans des vêtements que Maman lui avait achetés. On m'a laissée seule avec elle pendant quelques minutes.

Elle est si belle que quand je l'ai vue j'ai pleuré.

Et puis je me suis dit que je ne voulais pas qu'elle se souvienne de moi en larmes (mais est-ce qu'ils se souviennent, si petits ? Je ne sais pas), alors je lui ai souri, je l'ai embrassée sur la joue et je lui ai dit au revoir. Je ne la verrai plus jamais. Je crois que ce que je lui souhaite le plus au monde, c'est d'être heureuse. Et de ne jamais savoir ce que c'est que la solitude.

31

C'est ce que sa mère avait écrit, elle aussi, dans sa lettre à Tallie : « Elle est tellement belle que quand je l'ai vue je me suis mise à pleurer. »

Est-ce qu'ils se souviennent ? avait demandé Julie à son journal. Non. Je n'ai aucun souvenir, répondit intérieurement Nathalie. Si j'en avais, de quoi me souviendrais-je ? D'avoir été enlevée à Julie et emportée, dans les vêtements que sa mère m'avait achetés. Emportée par qui ? Par le Dr Therrian, probablement. Déposée au bureau de Foster Goodwin et emmenée de là par Papa et Maman. Ce n'était pas mal. Julie m'aimait. D'un amour égoïste, d'un amour de petite fille. Son amour ressemblait à ce que je ressentais jadis pour mes jouets préférés, que je refusais de partager avec Nancy. Ou encore au sentiment que m'inspirait le petit chat que j'ai eu : j'étais jalouse dès qu'il se frottait en ronronnant contre quelqu'un d'autre que moi. Il me paraissait essentiel qu'il ne soit qu'à moi. Pourtant, l'amour de Julie était un amour tout de même.

Ensuite, mes parents m'ont aimée à leur tour, dès le tout premier jour, dès ce jour où ils ont fait ce long voyage pour aller me chercher dans cette ville étrange et me ramener avec eux à la maison. Ils m'aimaient d'un amour très différent de celui de Julie. « Elle aura sa personnalité bien à elle », a écrit Maman à mon sujet. C'est toujours de cette façon-là que mes parents m'ont aimée. Ils m'ont toujours laissée me frotter en ronronnant contre les autres personnes, jamais ils ne m'ont reprise en revendiquant : « Elle est à *nous* ! » Je n'avais jamais compris cela, avant de lire ce que Julie a écrit au moment de ma naissance. Elle a pleuré, et puis elle a fini par écrire : « Ce que je lui souhaite le plus au monde, c'est d'être heureuse ». Mais Julie était si jeune ! Elle aurait voulu me garder dans ses bras en disant : *« À moi »,* comme un enfant serre sa poupée favorite — au point que la poupée, parfois, se brise. Julie était juste assez âgée pour comprendre qu'il valait mieux me laisser partir, mais pas assez pour savoir pourquoi. Et c'est le docteur qui l'a aidée à le faire.

Doc Therrian. J'ai l'impression qu'il m'aimait, lui aussi, à ma naissance. Je me demande pourquoi. Papa aime ses patients, bien sûr, et même de façon très particulière dans certains cas, mais tout de même il n'éprouve pas pour eux l'amour que le Dr Therrian semblait éprouver pour Julie et pour son bébé. Parce qu'il était solitaire, et Julie aussi ?

À présent, il est plus seul que jamais et il se meurt. Peut-être même qu'il est déjà mort. Je devrais appeler Anna Talbot pour lui demander de ses nouvelles.

Georges, le portier à l'uniforme vert, reconnut Nathalie.

— Encore un message, Mademoiselle ? lui demanda-t-il en souriant lorsqu'il la vit apparaître devant l'immeuble.

— Non, répondit-elle. Mme Hutchinson m'attend.

Georges lui ouvrit la porte, la conduisit à la cage dorée de l'ascenseur, la fit entrer et pressa pour elle le bouton du sixième étage. Quand la porte du sixième s'ouvrit devant elle, Nathalie se retrouva dans un petit hall dont le sol était recouvert de parquet ; de grandes plantes vertes en décoraient les coins, posées dans d'épais paniers. Il n'y avait qu'une seule porte, sombre et massive, avec un bouton de cuivre bien brillant. Nathalie frappa timidement et ce fut Julie qui vint ouvrir.

Elle portait un pantalon d'un blanc immaculé et un vaste chandail à col-cagoule, blanc également. Au poignet droit, un lourd bracelet d'or. Ses cheveux étaient tressés en une épaisse torsade noire qui s'enroulait sur sa nuque. Pour la deuxième fois en deux jours, Nathalie était sortie de son hôtel avec le sentiment d'être jolie et élégante, et la seule vue de Julie l'avait rendue gauche et mal ficelée à ses propres yeux.

— Quel joli ensemble ! dit gracieusement Julie en regardant son tailleur de toile rouge vif. Entre, entre.

Le vaste salon était aérien et pâle. Les murs blancs, le tapis d'un beige indéfini, les rares meubles dans des tons accordés de blanc, de beige et de jaune. Au mur, un seul tableau : Nathalie reconnut l'éclairage éphémère et les coups de pinceau caractéristiques d'un Impressionniste. Cette peinture allait bien avec l'ensemble de la pièce. Julie aussi. Nathalie, elle, se sentait comme un affreux pâté rouge. Si seulement elle avait mis sa robe jaune !

— Assieds-toi, dit Julie, souriante, en s'installant de l'autre côté d'une petite table sur laquelle le thé était déjà servi. Les garçons vont arriver d'une minute à l'autre. Je veux que tu les voies.

Ils firent leur apparition sur le pas d'une porte, muets, intimidés, habillés de façon identique — short de coton bleu et polo rayé. Tous deux avaient les cheveux noirs. Et les yeux noirs. Ils n'avaient pas les yeux de Julie — ou de Nathalie.

— Entrez, les garçons, et soyez polis ! dit Julie. Nathalie, voici Gareth — le plus grand des deux s'avança et tendit la main à Nathalie — et voici Cameron. Cam, enlève ton pouce de la bouche.

Le garçonnet ôta son pouce et le tendit, tout chaud et tout mouillé, à Nathalie.

— Bonjour ! dit gentiment Nathalie.

— Qui es-tu ? demanda Gareth.

Cameron, lui, avait recommencé à sucer son pouce.

— Je m'appelle Nathalie. Je suis une amie de ta Maman. Qu'est-ce que vous faites cet après-midi, tous les deux ?

— On va faire du vélo dans le parc ! s'écria Gareth, déjà moins intimidé. J'ai un nouveau vélo, avec des petites roues de chaque côté. Cam n'a encore qu'un tricycle, lui.

— Je parie que tu roules drôlement vite avec ton tricycle, pas vrai, Cam ? demanda Nathalie.

Cameron sourit sans lâcher son pouce et fit oui de la tête.

— Tenez, les garçons, dit Julie. Vous pouvez avoir un biscuit. Prenez-en chacun un et puis retournez auprès de Caroline.

Elle leur tendit l'assiette garnie de fragiles biscuits. Ils se servirent avec précaution et sortirent de la pièce. Une jeune femme les attendait dans l'embrasure de la porte. Cameron se retourna pour faire signe de la main.

— Ils sont adorables, tes enfants, Julie, dit Nathalie quand ils furent partis.

— N'est-ce pas ? dit fièrement Julie. Et ils sont intelligents. Gareth apprend déjà le français, à l'école. Elle versa le thé dans les fines tasses blanches. Eh bien ? reprit-elle. Tu retournes chez toi cet après-midi. Est-ce que le voyage en valait la peine ? Es-tu contente d'être venue ?

— Oui, dit Nathalie, pensive. C'était très important pour moi de te trouver. Je crois que si je n'y étais pas parvenue, je n'aurais cessé de me poser des questions jusqu'à la fin de mes jours.

J'ai lu ton journal, hier soir. Elle sortit de son sac le petit cahier bleu et le posa sur la table, entre Julie et elle. Cela m'a expliqué beaucoup de choses.

— Ce fut une année affreuse pour moi, dit Julie. Elle alluma une cigarette et se rejeta en arrière dans son fauteuil jaune clair. Mais tu sais, Nathalie — j'espère que tu as pu t'en rendre compte en lisant le journal — après les tout premiers mois, pendant lesquels j'ai eu du mal à réaliser que j'étais enceinte, eh bien, après cela je n'ai jamais eu de ressentiment vis-à-vis du bébé. Vis-à-vis de toi. Vraiment, j'en suis venue progressivement à me préoccuper sincèrement de ton avenir. Pendant un certain temps, je n'ai eu que toi au monde, à part Doc Therrian. Il y avait mes parents, bien sûr, mais ils ne se sont jamais faits à l'idée. Ils étaient bien trop tristes et honteux. J'étais terriblement seule. Heureusement, j'avais le docteur — et je t'avais, toi, à l'intérieur de moi.

— Et Terry, Julie, que lui est-il arrivé ? Je ne parviens pas à l'appeler « mon père ».

— Je te comprends, dit Julie en poussant un soupir. Pauvre Terry. À vrai dire, tu sais, je ne me souviens même plus très bien de lui. Je crois que c'était un gentil garçon. Très intelligent. Très beau. Mais il était jeune, lui aussi. Il haïssait Simmons' Mills autant que moi, alors qu'il avait vécu là toute sa vie. Nous avions au moins cela en commun, pendant le court laps de temps où nous nous sommes connus : nous nous sentions tous deux étrangers à cette ville. Il a été absolument pris de panique quand je me suis rendu compte que j'étais enceinte. Il voulait faire tant de choses dans la vie, et tout à coup... Bah. Je ne peux pas lui reprocher ce qui s'est passé. Je ne l'ai plus jamais revu. Cet été-là, il est parti pour le Colorado, et puis il a décidé de rester dans la région et d'aller à l'université là-bas. L'année suivante, tandis que j'étais chez Miss Sheridan, mes parents ont appris — sans doute par des amis, à Simmons' Mills — que Terry avait été tué dans un accident, là-bas dans l'ouest. Quand j'ai su cela, j'ai été triste, mais sans plus. Toute l'aventure était terminée : toi, tu étais partie, et Terry également. J'ai eu l'intention d'écrire un mot à son père, et puis je ne l'ai jamais fait. À partir de ce moment-là, j'ai concentré toute mon énergie sur ma propre vie. Je crois qu'après cette année atroce, mon but principal a été de ne plus jamais, jamais être seule ou rejetée.

Soudain, le visage de Julie s'éclaira d'un sourire.

— Et j'ai réussi, poursuivit-elle. Regarde, tu as vu ? Elle montrait le mur qui se trouvait à l'autre bout du salon.

Nathalie se leva et traversa la longue pièce vers le mur blanc couvert de photographies encadrées de Julie. Parmi celles-ci, quelques couvertures de magazines. D'autres étaient des portraits signés par des photographes célèbres. Il y avait Julie rieuse. Julie pensive, la tête penchée vers l'ombre. Julie royale, les épaules nues et parée d'une rivière de diamants. Julie séductrice, regardant, les yeux mi-clos, par-dessus son épaule. Julie maternelle, serrant contre elle un petit enfant endormi qu'elle enveloppait d'un regard tendre.

— Tu es sûre que tu n'aimerais pas faire une carrière comme celle-là ? demanda Julie qui était venue la rejoindre.

Nathalie considéra le panneau pendant un long moment. Il y avait au moins une trentaine de Julie, toutes posées, figées sur papier.

— Tout à fait sûre, dit-elle finalement. Par contre, j'aimerais que le Dr Therrian puisse voir ces photos, Julie. Il est trop tard, maintenant, bien entendu. Peut-être n'est-il même plus en vie à l'heure actuelle. Mais je me suis rendu compte, en lui parlant, qu'il t'aimait très profondément. Il a dû se demander, pendant toutes ces années, ce que tu étais devenue, si tu étais heureuse.

Elles retournèrent s'asseoir. Le thé que Nathalie avait laissé dans sa tasse était complètement froid. Julie alluma une nouvelle cigarette.

— Bien qu'il ne me l'ait jamais vraiment dit, je suis pratiquement certaine qu'il avait très envie de te garder lui-même, dit-elle soudain. Tout au long de ce fameux été, j'ai eu la sensation qu'il y pensait sans cesse. J'espérais qu'il en fasse la suggestion, mais en même temps je savais que cela ne pourrait pas marcher : il avait déjà une soixantaine d'années à l'époque, et sa femme était de santé délicate.

Nathalie songeait au vieil homme qui agonisait, abandonné. Et si c'était lui qui l'avait adoptée ? Au moins, il aurait eu une fille auprès de lui pour lui dire au revoir. L'idée n'attirait guère Nathalie pour elle-même. Mais elle le revoyait dans son lit d'hôpital, elle revoyait l'affection dont s'était chargé son regard quand il avait cru la reconnaître et qu'il lui avait dit : « Julie ? » Dans un sens, c'eût été tellement mieux *pour lui* s'il l'avait adoptée.

— Ce doit être affreux de ne plus avoir aucune famille, dit-elle. Mme Talbot m'a dit que leur seul enfant était mort très jeune.

Julie la regarda, stupéfaite.

— Tu veux dire qu'il ne t'a pas dit... ?

— Dit quoi ? Nous n'avons parlé que de toi et de moi.

— Oh ! Nathalie, je ne me rendais pas compte ! J'étais certaine que tu savais ! Ainsi, le journal n'expliquait pas, à propos de Doc Therrian ?

— Expliquer *quoi ?*

— Terry. Son vrai nom était Peter Therrian. C'était le fils de Doc Therrian.

32

Branford était plus vert que New York. Il y faisait plus frais aussi. Et plus calme. Les senteurs qui flottaient dans l'air étaient des parfums mélangés de pelouses récemment tondues, de haies nouvellement taillées et les odeurs mouillées et caoutchoutées des dispositifs d'arrosage. La grande ville était bien loin, avec ses relents de gaz d'échappement et de cuirs de sièges de taxis.

Tallie était là, sur la véranda, dans le fauteuil-balançoire. Quand elle aperçut Nathalie, son visage s'illumina.

— Ma chérie ! s'écria-t-elle. Tu te rends compte que je suis là, installée comme une vieille bonne femme, comme une vraie grand-mère, et que tout le monde me soigne aux petits oignons ? C'est ta mère qui a tout fait pour me convaincre, et je ne suis là que pour deux semaines. Après, je réintègre l'île à temps pour voir venir l'automne. Pour rien au monde je ne voudrais manquer l'automne sur l'île ! Quelle joie que tu sois rentrée ! J'adore cet ensemble rouge, c'est ravissant avec tes cheveux noirs. Je ferai peut-être un portrait de toi pendant que je suis ici.

Kay Armstrong descendit à la rencontre de Nathalie et l'embrassa.

— Je ne pouvais pas rester plus longtemps loin de vous tous, dit-elle, alors j'ai persuadé Tallie de revenir ici avec moi, au moins pour un certain temps. Bienvenue à la maison, Nathalie. Vous avez merveilleusement tenu le ménage pendant mon absence, toutes les deux. Je ne retrouve plus rien à la cuisine, mais tout est si propre et si bien rangé.

Nancy fit son apparition avec un plateau :

— Thé glacé pour tout le monde ! Hé ! Nathalie est de retour ! Prends mon verre, Nat, je vais en chercher un autre.

Elles se mirent toutes à siroter avec délices leur thé glacé, faisant naître le léger carillon des blocs de glace qui s'entrechoquaient dans les hauts verres. Trois générations de femmes, réunies sur la véranda des Armstrong. Tallie, gracieusement installée sur le fauteuil-balançoire, le visage pareil à une sculpture. À côté d'elle, Kay — détendue, bronzée, heureuse, tenant avec désinvolture la main de sa mère. Nathalie et Nancy, vautrées sur les marches. Nathalie se débarrassa de ses chaussures de ville et allongea ses pieds nus auprès de ceux de sa sœur.

Des sombres fourrés qui se trouvaient au bout de la pelouse montait le concert apaisant que font entendre les rainettes et les colombes lors des beaux crépuscules d'été.

— Je crois, dit Nancy, que si je pouvais choisir l'endroit du monde où j'aimerais me trouver, je choisirais d'être ici. En ce moment, en tout cas.

— Moi aussi, dit Nathalie.

— Moi aussi, dit leur mère.

Tallie garda le silence.

— Moi, dit-elle finalement, je ne sais pas. Je crois que je choisirais un lieu du passé. Je suis enchantée d'être ici, évidemment, mais j'ai tant de souvenirs vers lesquels j'aimerais retourner, quelquefois...

— Mais les choses sont toujours plus belles dans notre souvenir qu'elles ne l'ont été en réalité, tu ne crois pas ? dit Nancy.

— À mon avis, tu as raison, Nancy, dit Kay. On exerce une censure et on laisse tomber tout ce qui était moins bien. Par exemple, quand je me souviendrai de cette soirée, d'ici une dizaine d'années, je censurerai automatiquement le moustique qui est en train de me piquer la cheville à cette seconde précise. Aïe ! Elle se pencha et se frappa le pied.

— Comme moi je censure en cet instant le fait que je dois aller aux waters, dit Nathalie en riant.

— Mais qu'est donc devenu votre sens de la poésie, mes enfants ? s'exclama Tallie. Vous devriez apprendre la technique de l'esprit dominant la matière. Ce n'était pas un insecte, Katherine : ce n'était qu'un affectueux grignotage de ta cheville. Quant à toi, Nathalie, tu es tout simplement remplie d'une merveilleuse sensation de chaleur et de plénitude. C'est comme cela que je fais fonctionner ma mémoire, personnellement. Je me souviens de tout, mais je traduis chaque chose selon mon gré. Vous devriez toutes apprendre ce procédé de sélectivité.

— Je reviens dans une minute, dit Nathalie en se levant. Je vais méditer cet enseignement aux waters. J'ai en effet une merveilleuse sensation de chaleur et de plénitude.

En traversant le hall de la maison, elle entendit la voix de Nancy qui disait :

— C'est chouette qu'elle soit rentrée, Nathalie, pas vrai ?

Plus qu'un voyage, songea Nathalie. Il ne me reste plus qu'un seul voyage à faire.

33

Le mardi matin, Nathalie sortit un instant du cabinet de son père pour aider une patiente âgée à prendre place dans son taxi. Il y avait des années que Mme Pittman venait chez le Dr Armstrong. À présent, la vieillesse et la maladie la rendaient de plus en plus fragile, et son esprit vagabondait plus souvent dans le passé qu'il ne demeurait dans le présent, comme s'il trouvait plus facilement son confort parmi les souvenirs.

— Aurez-vous quelqu'un pour vous aider en rentrant chez vous, Mme Pittman ? demanda Nathalie, sentant la frêle main de la vieille dame trembler entre les siennes.

— Frédéric m'attend, chuchota Mme Pittman, comme si c'était un secret. Elle serra autour d'elle son manteau noir, dont elle ne se défaisait jamais, même pas pendant les grandes chaleurs du mois d'août.

Nathalie savait que Frédéric, son mari, était mort depuis des années. C'est lui qui tenait le petit drug-store où elle allait acheter des glaces et des bandes dessinées quand elle était enfant. Elle se souvenait du soir d'hiver où il avait été heurté et tué par un autobus qui n'avait pas pu freiner à cause du verglas, juste devant son drug-store. La nouvelle de sa mort l'avait fait pleurer, car elle l'aimait bien. Il lui confiait toujours que Gaspar le gentil fantôme était son préféré à lui aussi. Elle avait dix ans quand il était mort.

— Frédéric n'est pas là pour l'instant, Mme Pittman, dit-elle doucement. Est-ce que votre propriétaire ne va pas venir s'occuper de vous ?

La vieille dame eut l'air perplexe. Elle ôta de la manche de son manteau quelques grains de poussière imaginaires et répondit :

— Oh ! mais oui. Oui. Oui, sûrement. Tout à coup son visage s'éclaira : Voulez-vous venir dîner chez moi un de ces soirs, ma chère amie ? dit-elle. Je fais extrêmement bien le rôti à l'étouffée.

Nathalie l'aida à se caser sur le siège arrière du taxi, puis elle lui tendit le grand sac à provisions qui ne la quittait jamais et qui était éternellement rempli de chandails, de pommes et de journaux.

— Peut-être un jour, dit-elle en souriant. Maintenant, soignez-vous bien.

Mme Pittman l'avait déjà oubliée.

— Je vous ferai de la tarte aux pommes, disait-elle — mais cette fois c'était au chauffeur du taxi qu'elle s'adressait.

La voiture s'éloigna.

Nathalie retourna dans le petit laboratoire où elle trouva son père occupé à avaler en vitesse une tasse de café entre deux consultations.

— Papa, lui dit-elle, que va devenir Mme Pittman ? Elle est tout à fait seule. C'est affreux de devoir la mettre ainsi dans un taxi en sachant pertinemment qu'elle retourne vers un appartement vide.

Le Dr Armstrong soupira.

— Je viens d'avoir sa nièce au téléphone, dit-il. Je crois qu'ils vont la mettre dans un home de vieillards. Ce n'est pas l'idéal, mais que faire d'autre ? Elle n'a pas d'enfants. Les autres parents qu'elle a n'ont pas envie de la prendre chez eux. Je suis presque certain qu'elle risque d'avoir une grave attaque prochainement. Si elle était plus jeune ou si du moins elle était en meilleure santé, on pourrait envisager une intervention chirurgicale, mais... Oh ! je ne sais pas. C'est parfois tellement déprimant. Il y a tant de vieux qui n'ont plus personne au monde... Chose curieuse, ils ont généralement moins peur de mourir que d'être seuls. Florence Pittman, par exemple, lutte contre la solitude en faisant semblant que son mari est toujours en vie.

— Si seulement ce pouvait être vrai !

— Si c'était vrai, elle ne serait pas pour autant en meilleure santé. Seulement, elle n'aurait pas à faire face à ses problèmes toute seule. Le pouvoir du médecin a ses limites.

Il fit lentement tourner sa tasse, tout en regardant la crème se mêler au café.

— Nathalie, reprit-il, est-ce que tu te souviens de ce bébé qu'on a un jour apporté ici, qui était mort pendant sa sieste ?

Nathalie hocha la tête.

— Je ne l'oublierai jamais.

— Quand j'étais étudiant, puis en tant que jeune médecin, la mort d'un enfant était la seule chose à laquelle je n'arrivais pas à m'habituer. Cela me semblait tellement cruel, tellement inutile, c'était du pur gaspillage. Pendant un certain temps, j'ai voulu devenir pédiatre, et tâcher de faire le maximum pour que ces choses-là n'arrivent pas.

— Et tu as changé d'avis ? Pourquoi ?

Il la regarda et étouffa un petit rire.

— Pour être tout à fait honnête, je me suis bientôt rendu compte que cela ne me disait rien de passer mon temps à soigner des varicelles et des rougeurs provoquées par les langes !

« Mais il y avait autre chose. Il but une petite gorgée de café. J'ai commencé à réaliser que, presque chaque fois qu'un malheur touche un adolescent ou un enfant, la chose est quelque peu adoucie par le fait qu'il a généralement une famille. Des gens qui entourent le petit malade, le réconfortent, souffrent avec lui. La maladie, la douleur — ou la mort — n'en sont pas moins cruelles, moins atroces pour autant, évidemment. Mais peut-être parvient-on un peu moins difficilemen à les supporter. Pense à ce petit bébé par exemple. Sa mort a été une véritable tragédie pour ses parents — à propos, Nat, ils viennent d'avoir un nouvel enfant au printemps — mais cela n'empêche que, jusqu'à sa mort, ce bébé a vécu dans un foyer aimant et heureux. Son existence, aussi courte qu'elle ait été, n'a connu que le bonheur. Je te parais très sentimental ?

— Oui, dit Nathalie en souriant. Et ça me plaît.

Le Dr Armstrong plissa le front.

— À présent, continua-t-il, ce sont les personnes âgées qui me touchent le plus, celles qui n'ont plus personne. Je fais ce que je peux pour elles sur le plan médical — parfois, ce n'est pas grand-chose. Mais à part cela, je les écoute, je tâche de m'occuper d'elles. L'autre jour, j'ai envoyé des fleurs à Florence Pittman pour son anniversaire. Elle vient d'avoir quatre-vingt-sept ans.

Il avait soudain l'air tout gêné.

— Papa, dit Nathalie, je t'adore !

— Je sais, Nat. Mais je te remercie de me le dire.

— Papa, tu sais ce que j'ai passé toutes les vacances à... Disons, à rechercher des choses, à remettre des choses ensemble.

Il acquiesça.

— Tu ne m'as jamais demandé ce que j'avais découvert.

— Nathalie, ta mère et moi avons toujours su que tu nous en parlerais si tu le voulais. Ce n'est pas une décision que nous pouvons prendre à ta place. Si tu choisis de ne jamais rien nous dire, nous comprendrons. Nous accepterons.

— Je ne sais pas si je voudrai tout vous raconter. Mais il y a une chose dont je veux te parler tout de suite, Papa. J'ai découvert un homme, un vieillard. Il était très malade quand je l'ai vu, le mois dernier, et je ne suis même pas certaine qu'il soit encore en vie à l'heure actuelle. Il a le cancer. Et il était absolument esseulé — comme tu disais tout à l'heure. Il n'a plus de famille et il est en train de mourir dans un hôpital. Avec quelques fleurs et quelques plantes que des amis lui ont envoyées. Et les quatre murs verts de sa chambre.

Son père regarda le fond de sa tasse.

— Je sais, dit-il. Je veux dire : je vois exactement comment ce doit être. J'en ai vu des centaines dans cette situation.

— Mais voilà, reprit lentement Nathalie. Je ne le savais pas encore quand je l'ai vu — mais maintenant j'ai découvert qu'il s'agit de mon grand-père. Et je dois absolument retourner là-bas. Une fois, une seule fois, pour le voir. Cela me fait un peu peur. Je crains qu'il ne soit déjà mort quand j'arriverai et qu'il ne me reste plus qu'à aller déposer des fleurs sur sa tombe... Mais il faut quand même que je le fasse.

— Nathalie, si tu le souhaites, je peux m'informer pour toi. Si tu appelles l'hôpital, ils ne te donneront que la réponse officielle : son état est stationnaire, satisfaisant, etc. Mais si je téléphone moi-même, en tant que médecin, on me dira la vérité. Veux-tu me donner son nom et le nom de l'hôpital ?

Elle les nota sur une feuille de papier. Clarence Therrian, Hôpital Communal de Simmons' Mills. Son père y jeta un coup d'œil et sourit.

— Je me rappelle Simmons' Mills, dit-il. C'est là que nous sommes allés te chercher, ta mère et moi. Tu nous attendais, profondément endormie, enveloppée dans une couverture jaune.

— Dr Armstrong, dit impérieusement l'infirmière en passant la tête par la porte du laboratoire, il y a un patient qui attend dans *chacune* des chambres d'examen !

Nathalie et son père échangèrent un sourire complice.

— Merci, Papa, dit-elle.

À la fin de la journée — une journée qui avait été longue et laborieuse — Nathalie remettait la salle d'attente en ordre, tandis que son père achevait de noter quelques remarques dans le dossier d'un patient. Enfin, il referma le dossier et dit :

— Nathalie, veux-tu dire à ta mère que je serai en retard pour le dîner ? Je dois passer à l'hôpital pour voir un malade avant de rentrer à la maison.

— O.K., dit Nathalie.

— À part cela, Nat, je te donne congé demain et après-demain. J'ai téléphoné à Simmons' Mills. Clarence Therrian est toujours en vie. Mais je pense que tu ferais mieux d'y aller dès demain. N'attends pas le week-end.

Nathalie se sentit envahie par la tristesse. Elle savait cependant que le vieil homme se mourait. Elle s'attendait même un peu à ce qu'il soit déjà mort, et voilà que brusquement, cette nouvelle l'attristait encore plus profondément.

— Est-ce qu'il sait, Nathalie ? Sait-il que tu es sa petite-fille ?

— Oui.

Le Dr Armstrong s'apprêtait à sortir. Il s'immobilisa, revint sur ses pas et posa ses bras autour des épaules de sa fille. Puis, s'asseyant sur une des chaises de la salle d'attente :

— Nathalie, dit-il. J'ai des excuses à te présenter. Au début de l'été, quand tu t'es embarquée dans cette grande recherche, cela m'a heurté. Blessé, même. Et ta mère également. Cela, tu le sais parfaitement, je pense.

Eh bien, je crois aujourd'hui que nous avions tort. Je ne peux pas parler au nom de Maman, mais j'ai l'impression qu'elle en est arrivée à la même conclusion que moi : que c'est toi qui avais raison. Tu as fait ce qu'il fallait que tu fasses.

— Mais, Papa, dit Nathalie, surprise, je n'en suis même pas encore certaine moi-même.

Il garda le silence.

— La ligne est ténue, dit-il finalement. Je pense souvent à cela. La ligne est extrêmement fine, entre le passé et le présent. Et nous devons pouvoir la sentir en permanence, afin de savoir où nous en sommes dans notre présent par rapport à notre passé. Pour toi, ce rapport était déformé, effacé. Tu as bien fait de chercher à démêler la ligne.

— Papa, dit soudain Nathalie, tu te souviens de ce jeu auquel nous jouions toujours lors de nos goûters d'anniversaire, quand nous étions petites ? Ça s'appelait Toile d'Araignée.

Il hocha la tête en riant.

— Si je m'en souviens ! Ta mère et moi passions des heures à tendre des fils d'un bout à l'autre de la maison, autour des meubles, derrière ou sous les objets, et au bout de chaque fil il y avait un prix pour chaque enfant.

— J'étais folle de ce jeu. Il fallait ramper dans tous les coins en suivant son fil — on avait l'impression qu'on trouverait quelque chose de miraculeux au bout.

— Et c'était vrai ?

Elle éclata de rire.

— Un paquet de chewing-gum ou un petit livre de bandes dessinées ! Je ne me rappelle pas les prix avec autant de précision que le jeu lui-même, et l'excitation avec laquelle nous les cherchions, ces fameux prix.

— Eh bien, veux-tu dire que tes vacances ont ressemblé à un jeu de Toile d'Araignée ?

— Un peu, je crois. Il y avait le défi, au départ. Puis, la crainte que le fil ne se casse. Et la même impression qu'on va découvrir un miracle.

— Et y avait-il un miracle au bout ?

— Rien que de très ordinaire, répondit Nathalie avec un haussement d'épaules.

— Tu sais, il arrivait très souvent à la fin de ces petites réunions d'anniversaire que nous retrouvions les petits livres ou les chewing-gums abandonnés au hasard. Les enfants oubliaient de les emporter chez eux. Comme tu le disais, ce n'étaient pas les prix qui étaient excitants, mais la recherche en elle-même.

— Néanmoins, Papa, j'ai trouvé ma mère — ma mère naturelle. Cela, je ne l'oublierai pas.

— Bien sûr. Comment feras-tu pour insérer cela dans ta vie, Nathalie ?

— Je crois que c'est fait, déjà. Je lui ai dit bonjour — et puis je lui ai dit au revoir. Jamais je ne l'*oublierai.* Mais elle ne fait plus partie de ma vie.

Le Dr Armstrong alluma sa pipe et un mince filet de fumée bleue monta vers le plafond de la salle d'attente.

— Nathalie, dit-il, tu as eu une attitude extrêmement saine. Les gens comme Florence Pittman ne disent jamais au revoir à leur passé. Dire au revoir, c'est la chose la plus difficile au monde. Certaines personnes n'y parviennent jamais.

— Elle aimait tellement son mari, Papa.

— Je sais. Et ta mère et moi nous t'aimons beaucoup. Mais quand tu partiras pour l'université, nous devrons déjà — dans une *certaine* mesure — te dire au revoir. Quand le moment est arrivé, il faut savoir laisser partir. Sinon, on vit entouré de fantômes, comme Florence Pittman.

— Et comme Tallie, dit soudain Nathalie, le cœur percé par sa propre indiscrétion.

Son père hocha la tête en mâchonnant l'embouchure de sa pipe.

— Comme Tallie, oui. Elle vit toujours avec le souvenir de Stéfan. Mais les fantômes de Tallie sont des fantômes heureux, Nat. Très différents des fantômes troubles et douloureux qui rendent si pénible la vie de Florence Pittman. Et très différents des tiens, aussi.

— Quelles étranges vacances j'ai passées, Papa... Et maintenant, il n'y a plus que le Dr Therrian. Il y a d'autres personnes, sans doute, mais il est le seul avec qui je sente le besoin d'établir le contact. Le seul à qui je veuille aller dire au revoir.

— Parce qu'il n'a plus personne d'autre ?

— En partie pour cette raison-là, oui, répondit Nathalie.

Elle réfléchit une minute avant d'ajouter : Mais surtout — et je viens à peine de m'en rendre compte à l'instant — surtout parce qu'il m'a aimée au point d'être capable de me dire au revoir et de me laisser partir.

34

Nancy accompagna sa sœur à Simmons' Mills. C'est Nathalie qui le lui avait proposé.

— Au diable tout le reste ! s'était écriée Nancy quand Nathalie lui avait parlé de cette idée. Steve est fâché sur moi, comme d'habitude. J'en ai marre de passer mes journées à faire du baby-sitting chez les Kimball. Leur gosse réclame toujours une douzaine d'histoires et une quinzaine de verres d'eau avant d'accepter de dormir, et quand il mouille son lit qui c'est qui peut changer les draps ? C'est bibi ! Non, vraiment, je serai ravie de changer de paysage pour deux ou trois jours.

Le voyage parut beaucoup moins long à Nathalie que lorsqu'elle l'avait fait seule. Nancy bavardait sans fin, de tout et de rien.

— Tu aurais dû dire oui, Nat, quand elle t'a demandé si tu voulais devenir mannequin. Wow ! Pense à tout ce fric ! Pense à tous ces hommes qui baveraient devant ta photo sur la couverture de *Vogue* !

Nathalie fit la grimace.

— Regarde à gauche, Nance, les montagnes.

Nancy jeta un regard vers les pics déchiquetés et arides qui se découpaient sur le voile diaphane du ciel d'août.

— Wow ! dit-elle.

— C'est à ça que se limite ton vocabulaire ! dit Nathalie en riant. Tu crois qu'un jour tu parviendras à utiliser une exclamation plus explicite que « Wow » ? Peut-être que l'horrible tante Hélène te fera cadeau d'une encyclopédie pour Noël, ça te permettrait d'élargir tes horizons linguistiques !

Nancy pouffa de rire.

La route tourna brusquement et les montagnes disparurent derrière un épais rideau de sapins.

— Sans blague, Nat, reprit Nancy, je parlais sérieusement. Tu pourrais gagner des fortunes si tu te faisais mannequin. Moi, je serais toujours enterrée à Branford, je travaillerais comme maîtresse à l'école maternelle — ou autre chose du genre — je serais probablement mariée avec Steve et j'aurais des gosses qui mouilleraient leur lit toutes les nuits, et je pourrais prendre les revues les plus chic et dire : « La fille sur la couverture, c'est ma sœur ». Et je le dirais à mes enfants : « Regardez, là, c'est tante Nathalie, sur la double page centrale de *Playboy*. N'est-ce pas qu'elle est super ? C'est elle qui vous envoie ces jouets si chers de New York, à chaque fête de Noël ! »

— Très peu pour moi, Nance. Tu leur diras plutôt : « Regardez, là, les enfants, sur la couverture du *Time*, avec ces grosses lunettes : c'est tante Nathalie, la chercheuse. Elle vient de trouver un médicament qui guérit la Fièvre des Montagnes Rocheuses et on lui a donné le prix du meilleur médecin-femme de l'année. C'est elle qui vous envoie toujours pour Noël ces pilules vitaminées qui ont tellement mauvais goût ! »

— Tu n'as pas le sens de l'aventure, Nat, grogna Nancy.

— Comment ? Mais c'est très aventureux, la carrière de médecin !

— T'aurais Paul Newman qui viendrait sonner à ta porte. Et Robert Redford. Et Elton John.

— Peut-être qu'ils viendront de toute façon sonner chez moi... Quand ils auront une hernie à soigner.

— Atroce ! Mais, tout bien réfléchi, il y aurait peut-être moyen de faire fortune de ce côté-là aussi. Tu écris un bouquin. Tu l'intitules : *J'ai exploré les entrailles des hommes les plus séduisants du monde.* Ça se vendrait vachement bien, Nat. À quoi ressemble l'appendice de Robert Redford ? Achetez ce livre pour la modique somme de $ 12.95 et vous le saurez !

— J'ai un meilleur titre. *Stars et escarres.*

— Le *Reader's Digest* en présentera une version condensée. Les opérations mineures.

— On y est presque, Nancy.

— Où, au *Reader's Digest ?* Mais tu n'as même pas commencé ton bouquin !

— On est presque à Simmons' Mills. C'est de l'autre côté de cette colline. Regarde.

Elle arrêta la voiture au sommet de la colline et elles contemplèrent la vallée. Comme la première fois, la ville s'offrait aux regards, inchangée. L'insignifiante grand-rue, à côté de la rivière. Les immeubles gris tapis dans le rectangle de terrain arraché à la forêt. Les épais panaches de fumée crachés par les hautes cheminées de la papeterie et qui enlevaient au ciel sa couleur.

— Voilà où je suis née, dit Nathalie.

— Wow, dit doucement Nancy. Vraiment, *wow.*

35

Nathalie alla seule à l'hôpital. Elle avait laissé Nancy chez Mme Talbot, perchée sur un tabouret de cuisine, les pieds enroulés autour des montants, occupée à tenir compagnie à Anna Talbot qui confectionnait des petits gâteaux pour la vente de charité de la paroisse.

— Je t'attends ici, lui avait dit Nancy. J'ai horreur des hôpitaux. Et d'ailleurs ce n'est pas moi qu'il voudra voir. C'est toi toute seule.

— Dites-lui qu'Anna lui remet son meilleur souvenir, avait enchaîné Mme Talbot.

Puis, sur le ton de la confidence :

— Je lui ai envoyé une carte la semaine dernière. Évidemment, les infirmières ne lui ont peut-être pas dit de qui elle venait. Je sais que cela arrive, parfois. Les infirmières peuvent être tellement cachottières ! Mais vous, mon petit, vous lui demanderez s'il a bien reçu ma carte, n'est-ce pas ?

— Bien sûr, avait menti Nathalie.

Et elle s'était mise en route sur la paisible et proprette grand-rue de Simmons' Mills, en direction de l'hôpital où se mourait Clarence Therrian. À présent, c'est par les yeux de Julie qu'elle voyait la ville. Quelques adolescents bavardaient et riaient, groupés au coin du drug-store. Au moment où elle passa, leurs rires firent place à un silence subit et ils détournèrent tous le regard. On avait dû faire le même coup, jadis, à la jolie fille qui était arrivée d'une autre ville, avait débarqué à Simmons' Mills et s'était montrée incapable de se faire des amis. Et portait ses chaussettes tirées jusqu'au genou — ou était-ce l'inverse ? Aujourd'hui, personne ne portait de chaussettes. Ils avaient des espadrilles ou des sandales. Certains marchaient même pieds nus. Quelle importance ? Si Julie avait dû arriver aujourd'hui à Simmons' Mills, elle aurait détonné tout autant. On se serait tu sur son passage, on se serait détourné. Et Julie, jeune, vulnérable, blessée, n'aurait pas réussi à sourire, à plaisanter, à chercher une raison de rire ensemble, un terrain sur lequel fonder une amitié.

— Hého ! s'écria tout à coup Nathalie, avisant le grand garçon élancé à la lèvre arrogante qui était assis sur un vélomoteur de couleurs vives, devant le drug-store, et qui se balançait d'avant en arrière sur son engin. Elle est terrible, cette machine !

Il la regarda, sourit timidement. Toute agressivité, toute arrogance disparut de son visage.

— Oui, dit-il avec fierté. Je l'ai reçue pour la fin de mes études. Ça roule, et pas un peu !

Les garçons qui étaient avec lui firent chorus :

— Vroaaaar ! s'écrièrent-ils tous ensemble, imitant le bruit d'un vélomoteur. Vous devriez le voir ! Il fonce comme un fou !

— Vous voulez faire un tour ? demanda le garçon. Je n'irai pas trop vite.

— Non merci, répondit Nathalie en riant. Je dois aller quelque part. Mais c'est vraiment une belle machine.

Elle continua son chemin et ils firent au revoir de la main, sans façon.

Bon sang ! songea Nathalie, pourquoi ne pas avoir essayé, Julie ? La vérité est qu'ils s'en fichaient de ta coiffure ou de la façon dont tu portais tes chaussettes. Si seulement tu avais souri. Si tu avais plaisanté avec eux. Si tu avais essayé de découvrir quel genre de personnes ils étaient...

Et si tu avais fait tout cela ? reprit intérieurement Nathalie en souriant. Où serais-je, *moi* ? Nulle part.

Elle poursuivit sa marche.

En arrivant à côté du lit où reposait le Dr Therrian, Nathalie se dit tout à coup qu'il ressemblait à une poupée de chiffons oubliée dans le jardin d'une maison de vacances après le départ des estivants : il semblait décoloré par la pluie, fané par le soleil, vidé par le temps et par l'abandon. Et elle, Nathalie, se sentait comme l'enfant qui a fait un long voyage pour retrouver cette poupée aimée : peu importait l'état de délabrement dans lequel elle se trouvait. Elle était là. C'était cela l'essentiel.

— Doc, murmura-t-elle, choisissant de l'appeler par le nom que Julie lui donnait.

Il ne broncha pas. Dans ce visage gris et dévasté, les yeux demeuraient clos. Néanmoins, il respirait.

Calmement, régulièrement. Elle s'assit près de son lit et lui prit la main.

— Doc. C'est Nathalie. Vous vous souvenez de moi ? Je suis la fille de Julie. Je suis le bébé qu'elle a eu ici, le bébé de Julie Jeffries et de Terry.

La respiration du vieil homme continuait, paisible, et sa main entre celles de Nathalie ne faisait pas le moindre mouvement. Doucement, elle la caressait et elle sentait les os et les veines au travers du gris linceul trop large de sa peau.

— Je suis déjà venue vous voir, Doc, et vous avez cru que j'étais Julie. Je lui ressemble. J'ai les yeux bleus, comme Julie.

Vous m'avez aidée à la retrouver. Elle habite à New York, à présent. Elle est heureuse. Elle a deux beaux petits garçons.

Elle m'a parlé de vous. De la gentillesse avec laquelle vous l'avez aidée, alors qu'elle était si jeune et qu'elle avait tellement peur. Jamais elle ne serait arrivée au bout de cet été-là sans vous, Doc. Vous avez dû vous en rendre compte. Vous alliez la voir régulièrement. Vous prétextiez que c'étaient des visites médicales. Mais c'était tout simplement pour parler, pas vrai, Doc ? Vous saviez combien elle était effrayée.

Il ne bougeait pas. Les rides de son visage étaient comme les sillons qui couvrent les champs au début de l'été. Comme les profondes stries préhistoriques des roches glaciaires que l'on voit dans les montagnes en roulant vers Simmons' Mills.

— Tout cela, c'était parce que j'étais votre petite-fille, n'est-ce pas, Doc ? Julie m'a raconté que vous aviez pleuré, vous aussi, au moment où l'avocat m'avait emportée.

Mais je suis revenue pour vous dire que vous avez fait ce qu'il fallait faire. Peut-être que vous avez passé toutes ces années à vous poser la question. Je veux que vous sachiez que je suis très heureuse, Doc. J'ai une famille, la meilleure des familles. Le mois prochain, j'entre à l'université. Je veux devenir médecin, comme vous et comme mon père.

La seule chose que je n'aie jamais eue, c'est un grand-père. Du moins, c'est ce que j'ai toujours cru. Alors, quand Julie m'a dit que vous étiez mon grand-père... Voilà. C'est pour cela que je suis revenue.

Elle lui caressait toujours la main. Le rythme de sa respiration restait immuable.

— Je voudrais encore vous dire quelque chose, Doc. Je suis désolée, pour votre fils. Vous deviez l'aimer beaucoup, malgré les quelques erreurs qu'il avait pu commettre. Cela a dû être affreusement dur de le perdre.

« Mais vous m'avez, maintenant, continua-t-elle en pressant doucement contre sa joue la frêle main du vieillard. Je suis tellement heureuse de vous avoir retrouvé, Doc, et d'avoir pu venir vous dire au revoir.

Elle embrassa sa main et la reposa sur le drap. Puis, elle le laissa. Qu'avait-il entendu ? De quoi se souvenait-il ? À quoi rêvait-il ?...

36

Kay Armstrong était occupée à repasser en face du téléviseur. Sans quitter des yeux son émission de questions et réponses, elle s'attaqua à une épaisse nappe de lin.

— Maman, ce que tu peux être bourgeoise, parfois ! dit Nathalie qui était en train de peler du bout des dents une pêche très mûre et très velue. Les gens distingués ne regardent jamais ces émissions-là.

— Les gens distingués mangent leurs pêches avec de petites fourchettes en argent. Si tu as l'intention de rester dans cette pièce, il faudra que tu te taises. Je gagne à tous les coups, dans cette émission.

— J'ai quelque chose à te dire, dit Nathalie en mordant dans sa pêche et en aspirant le jus avec de grands bruits de succion.

— Chut ! J'ai gagné une machine à coudre, une perruque et un abonnement d'un an à je ne sais plus quoi.

— Quelle était la question pour la machine à coudre ?

— La capitale de l'Albanie.

— Ah ! Ah ! Je parie que tu n'en sais rien, *personne* ne connaît la capitale de l'Albanie !

— Moi, oui. L'horrible bonne femme, là, avec ses longues dents et ses cheveux décolorés, n'a pas pu répondre. Et pourtant, elle en avait drôlement envie, de cette machine à coudre.

— Et c'est quoi, la capitale de l'Albanie ?

Sa mère sourit.

— Je ne te le dirai pas. Tu fais des taches sur ton chemisier.

Nathalie s'essuya avec sa serviette de papier.

— Maman, dit-elle, est-ce que tu pourrais t'arracher une minute à ton émission ? Je voudrais te dire quelque chose.

Kay Armstrong poussa un soupir et éteignit le téléviseur.

— J'espère que c'est important, dit-elle. Ils allaient justement passer à la dernière question, et l'enjeu est une voiture de sport.

— Exactement ce dont nous avons besoin. Tu pourrais aller faire des courses de vitesse dans le parking du supermarché. Je voulais te dire que j'ai trouvé la femme qui m'a mise au monde.

Elles se regardèrent. Nathalie essuya le jus de pêche qui lui coulait sur le menton et sourit.

— C'est vrai, Nathalie ? Donc, tu as réussi à retrouver ta mère ?

Nathalie secoua lentement la tête.

— Ce n'est pas ça que j'ai dit. J'ai dit que j'avais retrouvé la femme qui m'a mise au monde. Ma mère, c'est *toi*.

— Tirana.

— Quoi ?

— Tirana, répéta sa mère. C'est la capitale de l'Albanie. Tu peux avoir la machine à coudre que je viens de gagner.

— Tu veux un peu de ma pêche ?

Elles partagèrent ce qui restait de la pêche dans un concert de succions, de dégoulinades et de rires.

37

Tallie avait fait ses bagages. Elle était prête à retourner à Ox Island. Sortant sur la véranda, Nathalie regarda autour d'elle et ne put s'empêcher de sourire au spectacle des affaires de sa grand-mère. Emballer, pour Tallie, cela voulait dire jeter dans ses divers sacs de toile ses foulards, ses bracelets, ses sandales, ses livres et ses hétéroclites vêtements. Après quoi, elle arrangeait soigneusement le haut de chaque sac afin que l'ensemble prenne finalement un air de symétrie précise. Aujourd'hui, la véranda des Armstrong était transformée en nature morte : le départ de Tallie.

Tout le monde s'en va, songea tristement Nathalie.

La semaine prochaine, c'est Paul qui part. Il faudra que nous trouvions une bonne façon de nous dire au revoir, lui et moi. Que ce soit un au revoir qui passe sous silence le fait que nous ne sommes plus tout à fait aussi proches l'un de l'autre qu'avant les vacances, mais qui nous laisse la possibilité de le redevenir un jour, peut-être. Nous blaguerons beaucoup, nous ne dirons pas les choses que nous aurons tous les deux envie de dire, nous nous promettrons de nous écrire — promesse qu'aucun de nous deux ne tiendra — nous plaisanterons en évoquant des choses du passé qui ont moins d'importance que nous ne le croyions alors, et puis nous nous embrasserons très fort et ça remplacera tout le reste.

Il y a Becky et Gretchen, qui s'en iront, elles aussi. Nous pleurerons probablement toutes les trois en nous disant au revoir. Mais nos larmes ne signifieront pas autre chose que : les copines, cela a été rudement chouette d'être amies ! Restons-le, même si à partir de maintenant, nos vies partent dans des directions tout à fait différentes.

Nancy fit son apparition sur la véranda, pieds nus, et elle se mit à gratter d'un pied une piqûre de moustique qu'elle avait à l'autre jambe. Tallie parut derrière elle, les mains pleines de trésors de dernière minute à emporter sur l'île. Elle examina ses sacs d'un œil critique et réarrangea un foulard indien au haut de l'un d'eux, de sorte que ses plis soyeux accusent un drapé artistique retenu par la poignée de toile fanée. Par-dessus le foulard, elle posa un recueil de poèmes de Yeats. Puis elle jugea de l'effet, plissa le nez, retira le livre et arrangea à sa place un pull bleu plié.

— Voilà, dit Tallie avec satisfaction en jetant un dernier regard au sac. Quant au petit recueil de poèmes, elle le fourra dans la vaste poche de son châle de laine tissée.

Nathalie et Nancy, qui l'observaient affectueusement, hochèrent la tête.

— Tallie, tu es inénarrable ! s'écria Nathalie. Moi, quand j'emballe, je plie soigneusement chaque chose et je place tout dans une valise à la manière d'un puzzle. Les sous-vêtements d'un côté, les chaussures d'un autre, les bijoux bien rassemblés dans une petite boîte spéciale...

— C'est ta mère qui t'a appris à faire cela ? demanda Tallie, stupéfaite. C'est inouï. Moi, en tout cas, je ne le lui ai jamais appris. Je me demande si ces choses-là viennent toutes seules.

— Non, dit Nathalie. Maman voyage de la même façon que toi. Comme une bohémienne. Et Nancy, elle, ...

— Oh ! gémit Nancy, je t'en prie, ne parle pas de ma manière de faire les valises ! Je serais incapable de procéder comme Maman ou Tallie, parce que je finirais toujours par me retrouver avec deux chaussures différentes, et en outre j'oublierais les trois-quarts des affaires dont j'ai besoin. Résultat : je fais tout ce que je peux pour être soigneuse, comme Nat. Et il ne faut pas deux jours pour que tout soit sens dessus dessous ! Il est heureux que je ne voyage pratiquement jamais, parce que je crois que je volerais toutes les serviettes des hôtels sans m'en rendre compte. Je roulerais tout en une boule que je bourrerais dans ma valise et, plus tard, en déballant, je réaliserais que je suis une voleuse.

— Pas une voleuse, dit Nathalie. Une chapardeuse, tout au plus.

— D'accord. Une chapardeuse.

— Une chapardeuse au grand cœur, bien sûr.

— Ouais, dit Nancy avec un large sourire. N'empêche que je me demande ce qui nous rend tous si différents les uns des autres.

Personne ne trouva de réponse.

— Oh ! Tallie, dit soudain Nathalie. J'ai horreur de dire au revoir.

— Ne le fais pas, alors, répondit Tallie, placide. Moi, je ne dis jamais au revoir.

(Est-ce que vous voyez un léopard vert ? songea Nathalie. Un léopard vert ? Où donc ? Je ne vois rien du tout.)

— Mais on ne peut tout de même pas toujours faire semblant, Tallie.

— Bien sûr que si. Les choses qu'on n'aime pas, il faut s'en débarrasser.

— Oh ! Tallie, soupira Nathalie avec un sourire. Ta vie a quelque chose de magique.

À cet instant, le Dr Armstrong sortit sur la véranda tout en écrivant dans le petit carnet qui l'accompagnait toujours partout.

— Qui parle de magie ? demanda-t-il. Je vais vous dire, moi, ce qui est magique : la pénicilline. Nat, le petit Ferguson est sauvé. Je viens de téléphoner à l'hôpital.

— Oh ! Papa, c'est merveilleux !

Alan Ferguson s'était écorché la main à un fil de fer barbelé et s'était contenté d'y mettre un sparadrap et de rire de l'aventure. Peu après — trois jours auparavant — il avait été amené à l'hôpital avec 40° de température et le bras violacé, enflé jusqu'à l'épaule.

Le Dr Armstrong referma son carnet et le remit dans sa poche.

— Si jamais quelqu'un téléphone pour moi, dites-lui d'appeler la permanence. Le Dr Phillips prendra toutes mes urgences, ce week-end.

Ses filles acquiescèrent.

— Parée, Tallie ? demanda-t-il ensuite en contemplant avec un sourire la collection de sacs qui débordaient de partout.

— Franchement, Alden, comment un homme de ton intelligence peut-il poser pareille question ? D'ailleurs, qu'est-ce que cela veut dire, « Parée ? » Parée pour la vie ? Pour l'inattendu ? Pour le désastre ? Pour les mille folies du monde ?

Le Dr Armstrong éclata de rire et étreignit affectueusement Tallie. Puis, empoignant les deux sacs les plus volumineux, il les porta vers la voiture. De la véranda, Tallie et les deux filles le virent prendre le foulard indien qui avait été arrangé avec tant de grâce et de précision, le plier bien soigneusement et le placer à côté du chandail bleu.

— Bah, dit Tallie, accommodante, la beauté est toujours tellement éphémère, de toute façon... Et c'est une des raisons pour lesquelles je dois retourner vers l'île immédiatement. Quelques-unes de mes fleurs favorites ont déjà cessé de fleurir et, en outre, je sais que certains de mes oiseaux préférés vont bientôt songer à filer vers le sud, et — mon Dieu, où en sommes-nous, à la fin du mois d'août ? — d'une *minute* à l'autre les feuilles vont changer de couleur...

Tout en continuant à parler, elle était entrée dans la voiture.

— Où est Maman ? demanda soudain Nancy. Tu ne peux pas partir sans dire au revoir à Maman, Tallie.

— Ne dis pas de bêtises ! s'écria Tallie. Kay est en haut, elle s'occupe de réaliser une idée que j'ai eue. Elle sait que je m'en vais. Je l'ai embrassée terriblement fort avant de descendre. L'important, c'est de s'embrasser. Ce n'est pas de se dire au revoir. Vous deux, les filles, promettez-moi que vous écouterez l'opéra tous les samedis dès que la saison commencera.

— D'accord, dirent Nathalie et Nancy, un peu hésitantes.

— Menteuses ! dit Tallie en riant. Que se passe-t-il, Alden, tu n'arrives pas à mettre le moteur en marche ?

Le Dr Armstrong tourna la clé de contact en riant sous cape et la voiture s'engagea dans l'allée. La main de Tallie passa par la fenêtre et ondula en un gracieux au revoir, captant au passage des rayons de soleil qui flamboyèrent un instant sur ses bagues et ses bracelets en or. Mais sa tête était tournée de l'autre côté : elle parlait déjà à son beau-fils et ne vit pas ses petites-filles lui rendre son salut.

Kay apparut à ce moment à l'une des fenêtres de l'étage.

— Ils sont partis ? Est-ce que Papa a bien rangé toutes les affaires de Tallie dans l'auto ?

La voiture sortait dans la rue. Kay fit un grand geste du bras.

— Maman ! s'exclama Nathalie. Ton bras est bleu foncé !

— Bigre, dit sa mère en contemplant son bras. Puis elle regarda l'autre : ils en sont au même point, tous les deux, dit-elle. Cela va vous paraître un peu dingue, mais c'est Tallie qui a eu cette idée...,

Nancy poussa un gémissement. Nathalie éclata de rire.

— Elle s'est dit que si je prenais les draps rose pâle — vous savez, ceux que j'ai un jour achetés en solde et que j'ai tout de suite détestés, parce qu'ils ressemblaient à des nappes d'anniversaire pour jardins d'enfants — elle a trouvé que si je les teignais en bleu foncé ils auraient l'air plus élégant. Plus « joie de vivre ».

— Ça a marché ? demanda Nathalie sur un ton empreint de doute.

— Mais... je *crois* que oui. Je viens d'aller les étendre sur le fil à linge et ils semblent effectivement avoir plus de chien comme cela. Le seul problème...

— C'est que tu as teint tes bras par la même occasion, dit Nancy.

— Oui, ça aussi. À vrai dire, je ne l'avais pas encore remarqué. Mais la baignoire...

— La baignoire ?

— Au fond, je pense que cela ne m'aurait pas incommodée d'avoir une baignoire bleue. Mais, pour une raison que j'ignore, elle est devenue violette. Est-ce que vous croyez que cela vous dérangerait d'avoir une baignoire violette ? Venez voir.

— La seule chose qui me dérange, chuchota Nathalie à sa sœur en entrant avec elle dans la maison, c'est de ne jamais savoir quelle surprise l'avenir nous réserve.

— Bah ! répondit Nancy sur le même ton, c'est peut-être plus amusant comme ça. Tallie avait sans doute raison quand elle disait qu'il n'y a jamais moyen d'être « paré ». C'est-à-dire qu'il existe des gens qui semblent toujours parés pour tout, mais ces gens-là sont plutôt ennuyeux, tu ne penses pas ?

Nathalie réfléchit brièvement.

— Nancy, dit-elle, j'ai l'impression que tu es plus futée que je ne le croyais.

Elle les entendait de sa chambre — sa mère et sa sœur — riant comme deux écolières à la salle de bains et tâchant de réparer le désastre violacé survenu à la baignoire.

— Désolée, les gars, leur avait-elle dit, je ne peux pas vous aider à nettoyer ça. Ce violet — et en telle quantité ! — me donne littéralement la nausée.

En fait, sa chambre à coucher se trouvait également dans un état plutôt désastreux, en ce moment. Au beau milieu de la pièce trônait, béante, la malle qu'elle avait commencé à remplir en vue de son départ pour l'université de MacKenzie. À côté, une grande poubelle de plastique apportée du garage. Il y avait davantage de choses dans la poubelle que dans la malle. Sur son lit, elle avait provisoirement posé, en petits tas inégaux, toutes les affaires au sujet desquelles elle n'avait pas encore pris de décision.

Résolument, Nathalie prit son jeans favori, que d'innombrables lavages avaient usé à l'extrême et qui était aussi décoloré qu'il est possible de l'être, et elle le posa dans la malle. Ce faisant, elle remarqua une vaste éraillure dans le fond du pantalon. Décidant que celui-ci ne supporterait plus une pièce supplémentaire, elle le reprit et le jeta dans la poubelle.

Elle prit ensuite un vieux polo sur lequel il y avait d'indélébiles taches de pizza et elle le jeta dans la poubelle. Soudain, une bouffée de nostalgie lui monta au cœur, au souvenir de l'inoubliable concours de mangeurs de pizzas à l'issue duquel Becky, Gretchen et elles s'étaient senties tellement bourrées qu'elles n'avaient même plus eu la force d'en rire. Elle repêcha le polo et le mit dans la malle.

Elle décrocha alors la photo de Paul — une photo qui avait été prise le jour de la remise des prix — et la considéra longuement. Le photographe avait saisi le genre de sourire qu'elle avait si souvent reçu de Paul. Elle sourit à son tour, avec tendresse, et posa la photo dans sa malle, par-dessus les vêtements.

Puis, Nathalie prit une couverture de magazine — la couverture d'un vieux *Vogue* datant de dix ans auparavant, qu'elle avait arrachée, le plus silencieusement possible, à la Bibliothèque Publique de Branford. Le sourire de Julie était, lui aussi, identique à celui qu'elle avait donné à Nathalie : incroyablement beau, savamment posé, douloureusement éphémère. Nathalie imagina Julie lançant avec désinvolture au photographe qui venait de prendre cette photo : « Chéri, il faut que je m'enfuie ! », exactement comme elle le lui avait dit à elle avant de la laisser là, toute seule, stupéfaite, avec, pour seul souvenir, ce sourire.

Elle soupira.

La couverture du magazine à la main, elle s'assit dans le fauteuil d'osier qui, depuis toujours, faisait partie de sa chambre à coucher, et elle se balança. De la salle de bains lui parvenaient les voix exubérantes de Nancy et de leur mère, engagées dans une bruyante discussion.

— Essaie avec du Comète, disait Nancy. Essaie avec du Comète.

Sa mère gémit :

— Ça ne marchera pas. Tu t'imagines que les choses possèdent des pouvoirs surnaturels pour la simple raison qu'elles portent des noms astronomiques ? On devrait peut-être essayer avec du lait démaquillant Moon Drops. Ou bien... que dirais-tu du jus d'orange Sunkist ?

Elles n'en pouvaient plus de rire.

— Maman, répétait Nancy, il faut essayer avec du Comète.

Nathalie les entendit ouvrir le placard dans lequel on rangeait les produits de nettoyage, à la salle de bains. Puis, il y eut un instant de silence. Puis :

— Ça marche ! s'écria Nancy. Regarde, Maman ! Ça marche !

— Ma parole, c'est vrai, répondit la voix de Kay. Chose étrange, son ton semblait teinté d'une pointe de déception. Eh bien, dit-elle, *bye-bye,* baignoire violette !

Voilà, songea Nathalie en poussant d'un orteil sur son lit pour que son fauteuil reprenne son balancement, c'est à cela que tout se réduit.

Il faut faire un tri de chaque chose.

Il faut choisir ce à quoi on tient.

Il faut faire la part de ce qui est et de ce qui fut.

Et, parfois, de ce qui n'a jamais existé du tout.

(Au revoir, léopard vert !)

Et il faut laisser tomber certaines choses.

Ça y est, je recommence à faire des pense-bêtes. Je n'ai pourtant aucune envie d'être une faiseuse de pense-bêtes.

Elle chiffonna à deux mains la photo de Julie et la jeta dans la poubelle. Puis, se levant énergiquement, elle s'attaqua aux piles de vêtements et de trésors d'école qui se trouvaient sur son lit.

Ceci reste ici. Ceci vient avec moi. Ceci est bon à jeter.

Le plus difficile, c'était de jeter les choses. Nathalie continua cependant, jusqu'au moment où sa malle fut bouclée et sa poubelle remplie. Sa chambre, elle, était vide. Il n'y restait plus que les souvenirs. Et les souvenirs ne s'en iraient jamais. Cela, Nathalie le savait.

FIN

LA QUÊTE AUX COQUELICOTS
par Hélène Montardre

Le train s'arrête en rase campagne. Simon descend pour se dégourdir les jambes et... le train repart sans lui. C'est cet incident stupide et cocasse qui permet à Simon de découvrir le Causse.

UN ÉTÉ POUR MOURIR
par Loïs Lowry

Le récit simple et bouleversant d'une année au cours de laquelle une adolescente va assister à la maladie puis à la mort de sa sœur de 15 ans.

LA MARMITE DES CANNIBALES
par Jacqueline Cervon

Revenue d'un long périple africain, Frédérique se met à dépouiller ses bobines de film. Il lui faut trouver — et vite — un sujet pour le concours de la télé.

Achevé d'imprimer le 1er septembre 1980
sur les presses de l'Imprimerie Duculot à Gembloux.